光文社知恵の森文庫

山口恵以子

食堂のおばちゃんの
「人生はいつも崖っぷち」

それでも、今がいちばん幸せ

JN054341

光文社

本書は『おばちゃん街道』（2015年　清流出版）を改題、加筆・修正し、文庫化したものです。

文庫版まえがき

早いもので清流出版から『おばちゃん街道』を刊行してから、もう五年が経とうとしています。

この五年の間に、私の身辺には様々な変化がありました。

あの頃もすでに立派なおばあちゃんでしたが、今や還暦を過ぎた私は更におばあちゃん化に磨きが掛かり、おばあちゃんへの道をまっしぐらに進んでいます。

そして愛する「丸の内新聞事業協同組合」の社員食堂は二〇一六年三月末日で閉鎖となり、事業所そのものも翌年中央区に移転し、業態も「丸の内新聞株式会社」に変わりました。もっとも住所から言えば、もう"丸の内"ではないのですが。

同居している長兄は二〇一七年に二回も脳梗塞の発作に襲われ、結局翌年に経営していた整骨院を閉めることになりました。

でも、一番大きな変化は、母が亡くなったことです。二〇一九年の一月十八日早朝、

3

九十二歳の誕生日の五日前でした。

母は病院ではなく自宅で亡くなりました。最期の瞬間まで私がそばに付き添い、旅立つのを見届けました。勤めを辞めて自宅で原稿を書いていられる境遇でなければ、それは出来なかったでしょう。

今になれば「もし、あの時〜していれば」という思いもありますが、出来ることは全てやり尽くしたという気持ちの方が強く、後悔はありません。ただひたすら、六十年の長きに亘ってそばに寄り添い、二人三脚で歩んでくれた母に感謝しています。

本文にはこの五年間での経験した新しい出来事を書き足しました。今の私の様々な感慨もたっぷり吐露しています。すでに単行本を読んで下さった方も、今回初めてお手にとって下さった方にも、お楽しみいただけるのではと自負しております。

なにしろ私の半生はほとんどが失敗の連続なので、どなたが読んでも笑えること請け合いです。

「こんなしょうもない人でも何とかなったんだから、きっと私も何とかなるだろう！」

笑った後でそう思って下さったら幸いです。

それでは、どうぞご一読下さい。

二〇二〇年三月

山口恵以子

食堂のおばちゃんの「人生はいつも崖っぷち」 目次

文庫版まえがき……………3

第一章 旦那とヒモ

夜中でも酒を売ってるコンビニが悪い‼……………12

憎きDV猫が、我が家の潤滑油……………18

我が酒呑み人生、三大痛恨事……………28

食堂のおばちゃんが作家？……………33

冥土の土産、どっさり体験……………44

有田さんの手相、宮崎さんの博識……………55

縁が縁を呼ぶ幸せ………62

第二章　お見合い四十三連敗

父の遺伝子を丸ごと受け継ぐ………

長髪全盛時代、我が家に訪れた危機………76

いじめから得た教訓三原則………85

十五年続いた片思いの初恋………95

三十三歳、お見合いスタート………101

全敗者が説く「お見合い必勝法」………113

第三章　食堂のおばちゃん

「物語が書きたい」──目標シフト………136

第四章　崖っぷち人生

プロットライターとして売れっ子に……………………143

父の死、母の老い。初めて感じる人生の不安…………150

小説家には年齢制限がない。小説で勝負！……………163

呆れた食堂パワハラ事件…………………………………171

小説が書けない！　まさかの更年期鬱…………………177

気力と体力を振り絞った食堂改革………………………191

食堂のおばちゃんから、ただのおばちゃんに…………201

悪運さん、いらっしゃい！………………………………212

人間関係は、ご縁で始まり相性で続く…………………217

書くことが好き、書いていれば幸せ！…………………229

人間関係は全部足して十に！……………………………238

あとがき………………247

文庫オリジナル

その後の「おばちゃん街道」

「マルシン」は永遠に………250

三度の脳梗塞を乗り越えた兄………253

母の好きなこの家で………259

それでも元気で生きていく………270

装丁・本文デザイン／アフターグロー

カバーイラスト／くまくら珠美

第一章　旦那とヒモ

夜中でも酒を売ってるコンビニが悪い‼

ロシアの劇作家アントン・チェーホフは「医業は妻、小説は恋人」と言いました。

彼の職業は医者だったのです。

名言なので、私もインタビューでよく「小説は夫、お酒はカレシ」と答えています。

夫のお金でカレシとデート、カレシに癒されて夫に尽くす……そんな感じで、小説で稼ぐから酒が呑める、酒が呑めるから小説を頑張れる、と。まさにウィンウィン、とっても良い関係だったんです。

ところがどうも最近、酒が"ヒモ化"してきちゃいまして……。

それというのも私、「"ほろ酔い"になったら"へべれけ"まで行く!」と公言している大酒呑みなんです。もちろん毎日へべれけになってたら仕事になりません。そこは我慢、我慢。倍賞千恵子よろしく「さよならはダンスの後に」、「へべれけは休日の前に」限定しておりました。

が、私は二〇一四年の三月で十二年間勤めた社員食堂を退職してしまいました。"食堂のおばちゃん"からタダのおばちゃんになってしまったんです。もう朝三時半に起きて五時の始発に乗って出勤しなくても良くなりました。毎日が日曜日、サンデー毎日。もはや休日の前なんてありません。毎日お休みなんだもん。

退職後は当然のように、毎日へべれけまで呑むようになりました。

でも一週間もすると、さすがにこれではイカンと反省して、毎日買うお酒を缶チューハイ二本だけと決めました。どうして毎日買うかというと、うちは酒の買い置きはしないんです。あると全部私が呑んじゃうから。

で、缶チューハイ二本で結構ほろ酔いになるわけです。「嫁さんになれよだなんて缶チューハイ二本で」言っちゃった人みたいに。ここで止めとけばいいのに、ムクムクと"へべれけ"の虫が騒ぎ出します。食堂で働いていた頃は、虫は無視して寝たんですけど、今はよせばいいのにコンビニに走って酒を買い込んじゃうんです。もう、バカバカ！

翌日は自戒と反省です。最悪の場合は二日酔いで仕事になりません。だから自己嫌

悪のあまり、また呑んじゃう。もう、バカバカバカ!!

そんなときは己の意志薄弱を棚に上げてコンビニを呪います。

「私が悪いんじゃない! コンビニが悪いのよ! どうして夜中でも酒売ってるの? どうして二十メートル置きにコンビニがあるの?」

旦那の稼ぎをヒモに搾り取られる人妻って、こんな気分でしょうか?

今はありがたいことに小説や随筆の執筆依頼が沢山あります。

二〇一四年だけで長編を四作品書きました。刊行されたのは『あなたも眠れない』『恋形見』(徳間書店)、『あしたの朝子』(実業之日本社)と刊行が続きました。最新刊(文藝春秋)だけですが、二〇一五年になってから順次『小町殺し』(文春文庫)、『恋

『食堂のおばちゃん』(角川春樹事務所)は二〇一四年から二〇一五年にかけて雑誌連載させていただいた連作短編です。

二〇一五年も長編四作、短編連載、エッセイと、ハイペースが続きました。

前年までは「食堂で働きながら、長編を年に一作か二作書ければ……」と考えてい

たことを思うと、恐ろしいほどの変わりようです。

ただ、私は書くことが一番大好きです。今や書くことは仕事ですが、同時に生き甲斐でもあります。大好きなことをしてお金をもらえる今の生活を、本当にありがたいと思っています。普通、好きなことや楽しいことはお金を払ってするものです。趣味や道楽を考えてください。社交ダンスもフラメンコも水泳教室も韓国語講座も、お金かかりますよね。

私の場合も、書いてもちっともお金にならない時期がありました。二〇一三年に松本清張賞を受賞するまではずっとそうでした。後で説明する〝プロットライター〟時代から数えると苦節約二十五年、少女マンガ家を志した時代まで遡れば苦節三十五年です。昔を思うと、自分から売り込まなくても注文が来て、書けば原稿料がもらえて、おまけに本にして本屋さんに並べてもらえるなんて、夢のようです。

そう、だからコンビニのせいにしてる場合じゃないんですよね。

もちろん、私だって酒ばかり呑んでるわけじゃありません。毎日八〜十時間は書い

てますし、嫌々ですが家事もやっています。

我が家の家族構成を紹介しますと、昭和二（一九二七）年生まれの長兄、昭和三十三（一九五八）年生まれの私の母、昭和二十二（一九四七）年生まれの私の三人暮らし、平均年齢七十歳を超える超高齢家族です。

そこに加わるのが猫二匹。青い瞳の白猫ボニー（♂）三歳、琥珀色の瞳の黒猫エラ（♀）三歳。お陰で平均年齢が一気に下がりました。以前飼っていた猫に死なれてから二年後、近所の猫ボランティアの方が紹介して下さって白猫ボニーがうちに来ました。半年後、ボニーを避妊手術に連れていった病院で里親を探していた黒猫エラと出会い、母が一目惚れして我が家へ。ボニーとエラなんて偉そうな名前じゃなくてシロとクロで十分だと思うのですが、母がどうしてもと言って、『風と共に去りぬ』の登場人物にちなんだ今の名前になっちゃいました。

この二匹、見た目は天使のように美しいのですが、性格は悪魔です。ひどいDV猫です。私がこの猫たちのためにどれほど悲惨な目に遭っているか、筆舌に尽くしがたいです。何しろ愛情表現が、噛むと引っ掻くしかないので、嬉しい時も悲しい時もキ

レた時も、とにかく嚙んだり引っ搔いたりするんですよ。子猫の頃、ボニーを風呂に入れようとして両腕を爪研ぎ板状態にされ、食堂スタッフに呆れられました。

うちでは猫の世話をするのは私だけです。

母と兄は甘やかして可愛がるだけで、ご飯をあげるのもトイレの始末をするのも全部私です。それでどうやら猫たちは私をばあやだと錯覚したようです。私に対しては完全に上から目線で、お刺身を食べていると横から搔っさらったりします。こっちも意地があるので取り返しますが、猫の食べ残しの刺身を食べるかと思うと、もう口惜しくって。……ま、それ以前に、猫がテーブルに乗っても誰も叱らないのが問題なんですが。

うちは昔からずっと猫を飼っていたので、今の子たちで八代目か九代目でしょう。以前は外遊びをさせていたのですが、そうすると病気に感染して、結局は病死してしまいます。病気で死ぬのは可哀想なので、ボニーとエラは外へ出すのを止めました。それで精力が有り余って家の中で暴れ回るのでしょう。その運動量がハンパじゃないのです。棚から冷蔵庫へ、テーブルへ、仏壇へと、大空を駆けるようにジャンプして、

二匹で空中戦を演じています。空中でX字型に交差して棚から飛び降りたりします。お客さんを呼んで見物料を取りたいくらい見事です。エラに私の鼻先でジャンプされて、鼻の骨が折れそうになりました。

そしてどういうわけか、壁や椅子やカーペットで爪を研ぐのですね。ちゃんと爪研ぎ板を二種類用意して、マタタビも振りかけてやったのに、板の方は舐めたり擦りついたりするだけで、全然爪を研ぎません。お陰さまで我が家の椅子は全部スポンジがはみ出して、傷だらけの鮫肌になりました。壁にはナスカの地上絵のような文様が刻まれています。うちの……と言うより私の部屋のカーペットは猫の爪の抜け殻だらけです。はっきり言って、我が家はお化け屋敷のような有様になっています。

憎きＤＶ猫が、我が家の潤滑油

悪逆無道の限りを尽くす白黒ＤＶ猫ですが、この際是非、彼らが今までに行った最

大の悪事を聞いていただきたいです。

まず白猫ボニー。この子は私の枕の上でオシッコをしちゃいました。ただの枕じゃありません。テレビ東京の『ソロモン流』の取材のために日本橋西川で作ったオーダー枕です。なぜ西川にロケに行ったかというと、眠れない女性の心理を体験するために、ものすごく快適な枕で眠ってみて、それを奪われた時の気持ちを想像する……そんなコンセプトを掲げたからです。多分作ることになるだろうと予想して二万円持って行ったのですが、私はオーダー枕を見くびっていました。何と二万六千五百円！

確かに大変寝心地の良い優れものですが、値段を考えたら畏れ多くて頭の下に敷けないほどの代物です。それにオシッコしたんですよ！ ショックのあまり涙声で西川に電話すると、担当者Hさんは優しく「それでは当店で除菌と消臭をさせていただきますので、乾かしてからお持ち下さい」と。作業が終わった後は「臭いが残っているようでしたら、何度でも消臭させていただきます。どうぞご遠慮なくお持ち下さい」と言ってくれました。

ところがそれから一年もしないうちに、ボニーの奴、またやりました。何が気に入

らなかったのか知りませんが、わざわざオーダー枕を選んでオシッコするところに、この猫の悪辣さが現れています。

またしても半泣きでHさんに電話すると「それは大変でございましたね」と、今回も親切丁寧に対応してくれました。でも、除菌消臭の終わった枕を抱えて地下鉄入り口に向かいながら、私は思わずにいられませんでした。これ以降、日本橋西川では、私は「猫に、オーダー枕に二回もオシッコされちゃった人」と同義語になるんだろうな……と。

次は黒猫エラ。この子は非常に器用で、抽出しや扉を簡単に開けてしまいます。台所の抽出から出汁の素の袋を引っ張り出し、家中に振りまかれた時も往生しましたが、それ以上に最大の被害は、私が仕事している最中に部屋に侵入して、パソコンの上に飛び乗った時です。キーボードを踏んづけた拍子に変なロックがかかってしまい、もう文字が打てない。友人に電話して操作してみたけど一向に解除出来ず。書きかけの長編小説がすべてダメになり、いっそ死んでしまおうかと思いました……が、気を取り直してNECの相談室に電話したら「××のキーを押してみて下さい」。……解除

成功！　それでやっと命がつながりました。

「寿命が縮んだじゃないか、このクソ猫！　恩知らず！」

エラは怒鳴られてもどこ吹く風で、大股広げて足を舐めていました。

まったく、この二匹がいなければどれほど生活が楽かと、ひどい目に遭わされる度に嘆息します。それでも、私が一階へ行けば二階に上がれば二階へと、まるで金魚のフンのようにくっついてくる白黒二匹の姿を見ると、やっぱり私を愛しているのかしら……とほだされてしまいます。それに、平均年齢七十歳を超えた老人家庭は、猫でもいないと笑いが生まれません。猫の悪さや失敗をネタに会話が成立しているわけです。老人家庭にとって、猫は潤滑油のようなものかもしれません。

そんな私たち家族とDV猫の一日を、ざっとご紹介しましょう。

朝は猫たちの鳴き声で七時頃起床。まず猫の朝飯とトイレの始末。台所の汚れ物を洗って、日によってはゴミ出し。洗濯機をかける。それから母の朝飯の用意。最近のお気に入りは市販のフルーツサンドで、手間いらずです。兄は自分である物を出して

食べ、八時半頃仕事に出かけてゆきます。

兄は整体師で、東京・江東区の大島で「さくら整骨院」を経営しています。兄が整体師だと言うと「家で治療してもらえて良いですね」と言われますが、とんでもない。

私は食堂主任だった時代、仕事でご飯を作っていたので、家に帰ってからもご飯を作るのがいやで、会社にお金を払って余った料理を持ち帰っていました。そんなわけで身体のケアのため、何とか暇を見つけて整骨院に通っていますが、暇がないと一ヶ月も足が遠のいて、ひどい状態（この前整骨院の先生に「関節が固まって化石化している」と言われた）になってしまいます。

さて、私はコーヒー（もちろんインスタント）を飲みながら新聞二紙に目を通しつつ、テレビのワイドショーを見たり、母の昔話に相槌を打ったり、足の指で猫の背中を撫でたり、九時頃までのんびりします。九時を過ぎるとまず洗濯物を干し、三階の自分の部屋に上がって仕事に取り掛かります。私の部屋は書斎なんて洒落たもんじゃなくて普通の六畳間です。家具はベッドと机と箪笥だけで本棚もなく、誰が見ても作

家の仕事部屋なんて思わないでしょう。

そのまま昼まで仕事に専念出来ることはほとんどありません。猫が取っ組み合いを始める、母が「時代劇専門チャンネルが映らない」（実は電源が入っていない）とかアホな用事で呼びつける、宅急便が来る（母は通販が大好きで似たような物や役に立たない物を注文する）、セールスの電話（保険とお墓と健康食品が多い）が掛かってくる等々、三階と二階を行ったり来たりするうちにお昼になります。

まず猫の昼飯とトイレの始末。母の昼はお粥かおにぎり、素麺、うどんなどの簡単な物。私は母のご飯をつまみ食いしてカップスープを飲むくらいです。そしてコーヒーを持って再び三階へ。

午前中よりマシなのは、暴れ疲れた猫たちが居眠りして大人しくなること、母がテレビを見ながら昼寝して起きないことです。これで敵は宅急便とセールスの電話だけ。四時までひたすら書き続けます。

四時になると洗濯物を取り込んでから、母を起こしてリハビリをさせます。母は八十八歳。この年齢だと動かないでいると、どんどん筋力が衰えるので、寝たきりにな

らず、最期まで自分の足で歩けるようにというのが、母子の一致した希望です。現在、週一回運動リハビリの出張サービスを頼んでいるのですが、自主練習を頑張った結果、三十回がやっとだったペダル漕ぎが、一年で百六十回まで漕げるようになりました。年内二百回を目標にしています。

リハビリが終わると入浴です。まず私が半身浴をしてから母を浴室に連れて行き、脱衣・沐浴・シャンプー・ボディ洗い・タオルドライ・着衣まで、フルコースで面倒を見ます。本当は母が自分で出来るのですが、一緒に入った方が安心だし、きれいに洗えるので。それに、私が忙しくてコミュニケーション不足になりがちなので、多少なりとも親孝行になるかと思いまして。

食堂で働いていた頃、同僚が「うちの近所の家、ご主人が九州男児だから威張って、お風呂に入っても自分じゃ何もしないで、洗うのも拭くのも洋服着せるのも、みんな奥さんにやらせるんですって」と言うので、「あら、うちの母なんか九州男児じゃないけど、全部私がやってるのよ」と言って笑ったものです。その話をすると母も「ママ、九州男児みたい〜」と喜んでいました。

入浴後、五時からは買い物に出かけます。駅に行く途中にマルエツとドラッグストア、駅前にワイズマートがあって、全部回って一時間で帰宅。猫の缶詰や砂など重い物を買うのでリュックサックを背負って行きます。

今では近所の人やお店の店員さん、宅急便のお兄さんにまで「テレビに出てる人でしょ?」と顔を知られてしまいましたが、だからっていつもテレビに出るような格好をしていたら生活出来ません。普段はスッピン・ジーパン・トレーナーです。夕方、スーパーの総菜コーナーに行くと、自分が腹ペコなのに気付いて思わず唐揚げやコロッケを買い、帰る途中で歩きながら食べてしまいます。きっと誰かに見られているでしょう。でも、気にしません。だって腹ペコなんだもの。ちゃんとご飯を食べればそんなに腹ペコにならないと思いますが、買い食いって楽しいんです。

帰宅するとまず猫の夕飯とトイレの始末。それから家族の夕飯作り。食堂に勤めていた頃は、残り物を並べて毎日結構バラエティに富んだ食卓でした。それが退職して以来、一週間のうち五日間メニューは全部鍋です。寄せ鍋・牡蠣(かき)鍋・水炊き・石狩鍋・豆乳鍋のローテーション。牡蠣のない季節はすき焼き。他の二日は近所のカツ屋

で揚げたてのカツを買うか、兄の車で家族で外食するか、どちらかです。ちなみに母と兄はまったくの下戸なので、お酒に入ってもお酒を呑むのは私だけです。グラス一つと頼むと、初めてのお店では必ず兄の前に置きますが、残念でした、大間違い。

この前「昔みたいに食堂に勤めてる方が良かったでしょう？」と母に聞いたら、「エコちゃんが作る物は全部美味しいから良いよ」と可愛いことを言ってくれました。年寄りには〝愛される力〟って大事ですね。

こんな私ですが、十数年来変わらず続けているのは漬物です。母と兄が漬物が大好きなので、他を手抜きした分、毎日の糠味噌漬けと冬の白菜漬け、初夏の印籠漬け（瓜の芯をくり抜いて茗荷と大葉を詰めて塩漬け）は欠かさないように気を付けています。漬物と言うと大変そうに思われますが、切って漬けるだけなので、実際はそれほど手間はかかりません。

夕飯時、私は母と一緒に六時に食べることはほとんど無くて、ギリギリまで原稿を書いてから食事にします。夕飯の時はお酒を呑むので、アルコールで頭がポーッとして書けなくなるからです。　朝と昼はほとんど食べないにもかかわらず、私が全然痩せ

26

ないのは、きっと夜十時過ぎてから暴飲暴食するせいでしょう。汚れ物は台所に置きっぱなしで寝ます。私、酒を呑む前までは結構こまめに母と猫のリクエストに応えるのですが、一度呑み始めたらもう動きたくない性分なんです。タテの物をヨコにするのもいや。母と猫には「あれしてこれしては、酒を呑む前に」と言い渡してあります。

私はお酒は呑みますが煙草は吸いません。正直、逆だったら良かったのにと思います。だって、煙草を吸いながら小説を書くことは出来ますが、お酒を呑んだら何も書けませんから。

ただ、書いているうちに必ず「ここが正念場」「後もうちょっと」という場面に突き当たります。そうしたらお酒は呑みません。食事の後も書き続けて徹夜もします。そんなときは今の幸せを嚙みしめますね。食堂で働いていた頃は「三時半に起きる」という縛りがあったので、乗ってきても中断を余儀なくされましたが、作家専業になったお陰で心の赴くまま書き続けられるようになりました。ただ、猫二匹が暴れ回って抜け毛がひどいので、毎日クルクルは欠かせません。

掃除は一週間に一度、まとめてやります。

我が酒呑み人生、三大痛恨事

ここまで書いたので、ついでに私のこれまで犯した数々の酒の失敗を書いておきましょう。これさえ読めば、かつて酔っぱらって恥ずかしい思いをしたことのあるあなた、過去はもう恥ではなくなりますよ。

酔っぱらって帰って気が付けばパンツ一丁でトイレに寝ていた（自分ちで良かった！）とか、夜中に寝ゲロ吐いて朝起きたら床がゲロの海とか、そういうのは日常茶飯事なので、一々書きません。家の中で起きたことは口外しなければ世間に知れることもないですからね。やっぱり家の外の事件ですよ、痛恨の記憶になっているのは。

第三位、一万六千八百円事件。

これは二〇〇〇年のあたり、日本テレビで放映されていた二時間ドラマ『火曜サスペンス劇場 警視庁鑑識班』の仕事をした時、監督の下村優さんのおまけとして制作

プロダクションに御馳走になった時のことです。

そこは中野にあったので、帰りは東京メトロの東西線一本で家に帰れます。楽勝！

そう思って油断したせいか、ウッカリ寝過ごして千葉の八千代市まで行く東葉高速鉄道の終点一つ手前の駅で飛び起きました。すでに上りの終電は終了し、駅前は真っ暗で人通りもなく……。生きて帰れないかもしれない!? そう思った私は一台だけ停まっていたタクシーに飛び乗って家路を急ぎました。代金一万六千八百円。その時もらった仕事料四万五千円。三ヶ月働いてもらったお金の三分の一以上がタクシー代に消えたのでした。痛恨の記憶です。

第二位、階段落ち。

これも前述の事件と同じ頃です。参加していた脚本の勉強会の忘年会で、四谷から帰る途中でした。乗換駅で階段を下りようとして足をもつれさせ、下まで真っ逆さま……はちょっと大袈裟だけど、見事に転がり落ちました。お酒って、店を出る時はそれほどでなくても、電車に揺られているうちに回るんですよね。気を付けましょう。

で、私は酔っぱらっていて恐怖心がないので、上手く着地を決めたんですよ。ふと見ると、目の前にいたカップルの女の子が恐怖のあまり座り込んじゃって……。男の子が「きゅ、救急車を呼びましょうか!?」「ああ〜!」。そんなわけで私は平然として家に帰ってきました。「私より、彼女が大変よ」と言ってくれたのですが、

事件はその翌日。起きられない。もう全身痛い。打ち身は翌日の方が痛いんです。

以来、呑んで帰る時、階段は手すりにつかまって下りるようになりました。

第一位、お巡りさん、ありがとう。

忘れもしない一九九九年の八月です。勤めていた事業所の暑気払いパーティーでのこと。食堂では夕食の代わりにパーティー料理を提供したのですが、私は早番で帰宅してから手料理を持参して参加しました。そして……朝三時半から起きているので酒の回りも早く、いつの間にやら酩酊状態になったようです（すみません、記憶がなくて）。気が付いた時は自宅のリビングで服のまま寝ていました。

後に聞いた話では、事業所の人がタクシーに服のまま乗せてくれたのですが、酔っぱらって

30

いて住所が分からず、業を煮やした運転手に交番の前で放り出されたらしい。交番のお巡りさんが何とか電話番号を調べて自宅に問い合わせ、三人がかりでシーツに載せて家まで搬送してくれたのだそうです。確認が取れるまで私は交番の前で寝ていたわけで、女の酔っぱらいは珍しいので見物人も集まってきました。で、いたずらされないように、お巡りさんが横で見張っていてくれたのですね。

翌日母が菓子折を持ってお詫びに行ったのですが、交番では「お気持ちだけで結構ですから、もうあんまり酔っぱらわないように言って下さい」と……。私は恥ずかしくて、いまだにあの交番の前を通れません。

さらに、恥ずかしいのはそれだけではなく、暑気払いパーティーの席上、酔っぱらった私が「〇〇君を脱がせた」「××君とダンスしてた」と、セクハラ行為に及んでいたことまで明らかになったのでした。普段は酔っぱらうとすぐ寝ちゃうのに、どうしてそんなことに……?

そんなこんなで、これが我が酔っぱらい人生最大の痛恨事と言っても過言ではありませんが、唯一、自慢出来ることがあります。それは、これほどまでの酔態をさらし

たにもかかわらず、翌日はちゃんと定時に出勤して朝食を出したことです。死ぬほどヘコみましたが。

――ああ、そうそう。これ以外に、私は人生で二回介抱ドロに遭っています。宝飾店に派遣で勤めていた頃は通常の時間帯に電車通勤していたのですが、ほとんどの日本女性が体験する痴漢には一度も遭ったことがありません。にもかかわらず、やっぱり酔っぱらっていたせいですね。駅に着いたら財布が消えていた……。同僚に「あら山口さん、財布以外に盗られる物がなかったのね」と言われてしまいました。当時はまだ二十代だったのに、財布には三千二百円しか入っていなかったのに、トリプルパンチでしたねえ。

――と言うわけで、私よりすごい酔っぱらいはあまりいないと思います。だからどうぞ、安心して酔っぱらって下さい。

食堂のおばちゃんが作家?

みなさんは運命って信じますか?

私は信じます。七年前にこの目で見ました、運命が変わる瞬間を。

二〇一三年四月二十三日、私の初めて書いた長編小説『月下上海』(文藝春秋) が第二十回松本清張賞を受賞しました。その夜、選考会場の帝国ホテルへ駆けつけて受賞会見に臨んだ後、上階のラウンジで御馳走になったスパークリングワインは、まさに「運命が変わる味」でした。

今の日本でマスコミに注目される賞は芥川賞・直木賞・本屋大賞だけで、他は小説に興味のある人以外にはほとんど知られていません。松本清張賞も同様で、翌日は新聞にベタ記事三行が載るだけ。至って地味な扱いです。受賞後一番多く言われた言葉は「へえ、そんな賞があったの?」でした。

でも、私は信じていました。「食堂のおばちゃんが文学賞受賞!」というネタは、

絶対にマスコミに受けると。何故なら、おばちゃんが希望を託せる相手は同じおばちゃんだけだから。美人でエリートのお嬢さまは、おっさんの欲望を刺激するだけで、おばちゃんには無関係です。そして、おっさんが読むのはビジネス書で、小説を一番読んでくれるのはおばちゃんなのです。

牙を磨き、爪を研ぎ、手ぐすね引いて私は獲物が引っかかるのを待ちました。

四月の終わり、遂にやって来た獲物は東京新聞社会部の記者Iさん。案の定「食堂のおばちゃんが作家?」という主旨の取材でした。Iさんとカメラマンにランチの春巻〈王将の百倍美味い!〉を御馳走し、食堂でインタビューと写真撮影。「世の中の人は『食堂のおばちゃんは『何で食堂のおばちゃんだから小説が書けるのよ』と思ってますかも知れませんが、私は『食堂のおばちゃんだから小説書いてんの?』と思ってます」という話にIさんの反応は上々で、良い記事になると確信しました。

五月九日付東京新聞の社会面に写真入りで載った「食堂のおばちゃんは作家」という記事は各方面で大評判になりました。私の独断ですが、これは社会部の記者だから書けた記事で、文化部の記者だったら、作品内容や意図、執筆の動機など、作品の内

34

面を中心としたインタビューになって、こういうノリでは書いてくれなかったでしょう。

翌日には早速、月刊誌『文藝春秋』から巻頭随筆の執筆依頼が、続いてBS11のニュース番組とテレビ朝日系『モーニングバード』の取材依頼がやって来ました。この『モーニングバード』が転機だったと思います。五月下旬の放送以来、まるで津波が押し寄せるように、雑誌はもとよりラジオ、テレビからの取材依頼が殺到しました。

特にテレビの場合、取材内容はほとんど同じで、まず食堂での仕事風景の撮影、自宅へ移動して家事と執筆風景の撮影、そして最後に「お酒呑んでるところを撮らせて下さい」がお約束でした。さすがにNHKだけはお酒の撮影なしでしたが、民放は全部呑みましたよ。

あの年の五月の終わりから三ヶ月くらいの間は、午後一時に仕事を終えると、そのまま食堂で雑誌の取材と写真撮影を二件受け、文藝春秋社に移動してまた二件取材……という日が週に一～二回はありました。

ドーパミンがバンバン出ていたせいでしょうか、疲れたとか大変とか、まったく思

いませんでした。正直、嬉しくて堪りませんでした。こんなに取材してもらえるなんて夢みたい、と思いました。

すべては『月下上海』を売らんがためです。雑誌に載ればその分作品の宣伝になります。本の売れないこの時代、誰も知らない人の書いた本を手に取ってくれません。何とかして名前を知ってもらいたいと必死でした。

小説家にとって作品は子供も同然です。少しでも陽の当たる場所に出してやりたいと思うのが親心です。親が不甲斐ないばかりに子供が日陰に追いやられてしまったら、これほど辛いことはありません。

私はかつて『邪剣始末』（廣済堂文庫）という作品でデビューしたのですが、受賞歴のない無名の新人の書いた本はまったく売れず、その頃は絶版状態になっていました。『月下上海』だけはそんな目に遭わせたくない。売れる本にしてあげたい。そのためには出来ることは何でもやろうと、受賞する前から心に決めていたのです。

幸いにも私はマスコミに受けが良く、記事も出演した番組も評判は上々でした。どこが良かったのか自分では分かりませんが、おそらくは嘘偽りなく、カッコつけずに

ありのままの姿で受け答えしたことが、受け取る側の共感を呼んだのではないかと思っています。

ここらで懐かしいテレビ出演番組を振り返ってみましょうか。

ありがたいことに、私が勤めていた事業所は簡単に言うと巨大新聞販売店で、理事の方たちも全員新聞社の営業方面出身だったので、取材にはとても協力的でした。私は食堂主任の権限を駆使して、取材クルーには全員食堂でご飯を御馳走しちゃいました。朝食と昼食と、二食食べたクルーもありましたよ。御馳走になって悪くは言えないでしょうが、みなさんとても喜んで下さいましたよ。「あったかい昼飯を食べたのは三年ぶりです」と言われた時は、心から気の毒になりましたね。

まずは『モーニングバード』(テレビ朝日系)。

記念すべきテレビ初出演番組です。ディレクターのMさんが手持ちカメラを携えて、音声さんと二人でインタビューから撮影まで全部こなす超コンパクト取材クルー。つまりそれだけ慣れていて手際がいいのですね。酒呑みシーンをお願いされて「うちは

酒の買い置きがないんですよ。あるだけ全部呑んじゃうから」と言ったら、「実は、僕も同じです」とMさん。その時二人の心は深く通じ合いました（笑）。

会社から家まではメトロで移動。駅前のスーパーでお茶のペットボトルと大好きなKWV（南アフリカのスパークリングワイン）を買って自宅へ。

「まずは執筆風景を撮影させて下さい」。それは良いけど、狭い六畳間に巨漢のMさんと音声さん、文藝春秋から立ち合いで来てくれた二人の編集者、男四人がギュウギュウ詰めで、見ているだけで酸欠になりそうでした。よほど懲りたのか、以後編集者はリビングで待機するようになりました。

そしていよいよ乾杯。放送では私が一人で呑んでいるように見えますが、実際には編集者二人にも注いであげたんですよ。この時「うめ〜！」と言ったのが何故か大受けして……。本当に楽しい取材でした。

次は、今は終了した『ゆうどきネットワーク』（NHK）。

これは何と言ってもディレクターのHさんが一見美少女のような青年でびっくり。取材はHさんとカメラ・音声・照明の四人態勢で、運転手付き大型バンで職場から自

宅へ移動。番組では私が五十歳から二年間苦しんだ「更年期鬱」に焦点を当てて構成を考えたようです。どのようにして回復したか、何が転機になったかを随分質問されました。

ただ、これは一口に言うのは難しくて、症状が軽かったとか回復の時期が来たとか、いくつもの要因が重なって鬱から脱却出来たのだと思います。でも、番組としては「こうなったお陰でああなった」という明確な説明が欲しい。優しげな外見に似合わず、Hさんの粘ること。二時に我が家に来て、撮影が終了したのは六時でした。

数日後、NHKのスタジオに伺って生放送に臨みました。生まれて初めてスタジオ用のメイクを体験。地塗りにかける手間がハンパじゃありませんでしたね。その割りにアイメイクはあっさりでした。

生放送でしたが、別に全然緊張しませんでした。私、緊張しない体質なんです。根底に「ダメで元々」があるせいでしょう。進行はNHKアナウンサーの山本哲也さんと出田奈々さんにお任せで、私は話を振られたらお話しする、これに徹していればOKなので気楽なものです。お二人が大変好意的にサポートして下さったのも忘れられ

ません。山本さんと私は同じ年だそうで、こっそり酒呑み話で盛り上がりましたっけ。さすがにVTR特集は上手く出来上がっていて、ちゃんと一貫性のあるストーリーになっていました。Hさんの粘り勝ち。視聴者の方にも好評で、ラストにもう一度スタジオに呼んでいただき、感激でした。

『NEWS ZERO』（日本テレビ系）。

ビデオ撮影はなく、写真とインタビューのみ。取材のTさんは自転車で汐留から食堂までやって来ました。この日のメニューは一押しの「変わりコロッケA＆B」。マッシュしたジャガイモにチーズとホウレン草のソテー、そしてAは焼き鮭、Bは粗挽きソーセージを混ぜて揚げたコロッケです。

もちろんTさんは大満足。放送作家でもあるので、私の過去のプロットライター時代の話を交え、二人で無能なプロデューサーの悪口で大いに盛り上がりました。この取材の直後にご結婚なさったとか。

『ウィークリーニュースONZE』（BS11）。

取材に現れたのは女性ディレクターNさんただ一人。小型八ミリビデオ片手に、撮

影からインタビューまで全部こなす。相槌を打って頷いてもカメラの映像がぶれない。熟練の技です。一人だからもの凄く手際が良くて、撮影するところとしないところの選択が鮮やかでした。

ランチ風景を撮影して、自宅で家事と執筆風景の撮影、インタビューまでこなし、二時半に終了。放送された番組のVTRも分かり易くまとまって「金かけりゃ良いってもんじゃない」の見本のようでした。

そして再びNHK『ニュースウオッチ9』。

取材の主任はHさんという女性ディレクター。彼女の下にインタビュアーの女性A・D、カメラ・照明・音声の五人態勢取材。驚いたのはカメラマン以外の四人が女性だったこと。同じNHKの『ゆうどきネットワーク』との違いを出すために、取材の主旨は「雇用と人権」。私が受賞会見で言った孟子の格言「恒産なき者は恒心なし（きちんとした仕事と安定した収入のない者は、安定した精神を保つことが出来ない）」

いやあ、番組は違えどさすがNHK、こちらの取材クルーも粘りました。NHKの

車で食堂から自宅に着いたのが二時少し前、それから五時間、取材とインタビューが続きました。終わった時はヘトヘト。

『ニュースウオッチ9』の放送日は六月二十一日、松本清張賞贈呈式の当日でした。六時の贈呈式を撮影すると、それを大急ぎで編集して九時の放送に間に合わせたのだから大したものです。

『王様のブランチ』（TBS系）。

文藝春秋の編集者が一番力を入れていた番組です。現在地上波で本を紹介してくれる数少ない番組であり、『ブランチ』で紹介されると売上げも伸びるのだそうです。

贈呈式二日後の日曜日の朝、食堂に九人編成で取材に来てくれました。インタビューの早川真理恵さんのミニスカート姿に、朝食を食べに来た男性陣は心なしか目尻を下げていましたね。

食堂を閉めた後は自宅で取材。リビングにカメラ三台が並んだ姿は壮観で、猫二匹は完全なパニック。

早川さんは『月下上海』をきちんと読み込んだ上で色々質問してくれたのですが、

42

放送ではカットされていました。彼女の地道な努力が実を結ぶ日が早く来ると良いのに。男性八人に囲まれて紅一点なので、ちゃんと仕事をこなした上に"ちょっとおバカな可愛い子"も演じないといけないみたいで、大変だと思いました。

とっくに放送終了した『アゲるテレビ』（フジテレビ系）。

いくら放送終了したからって悪口は言いたくないですが、この番組の取材クルーは何とも手際が悪かったです。

食堂の撮影の撮影に来たのに、大事な完成品（定食セット）を撮り忘れる。お酒を呑むシーンの撮影でも「ボトルを持って」「グラスに注いで」「部屋に入ってくるところから」など、あれこれ注文を付けて色々なカットを撮影したのに、放送されたのは単に私が呑んでいる場面だけ。これなら中身が分からないから、お酒でなくて水でも良かったのに。

その他、とにかく実際の放送には使われなかった無駄な撮影を沢山していました。これはおそらく取材チームに編集の権限がないからでしょう。自分で編集する人なら撮影対象を選択出来ますが、他人任せなので、とにかくあれもこれもと素材を多く集

めている感じでした。

この頃になると食堂スタッフも取材慣れしてきて「あの人たちは要領悪いわね」と、しっかりツッコミを入れてました。

ここまでが第一段階、六月までのお話です。

冥土の土産、どっさり体験

そしてこの年の八月から新しい段階に入りました。『ゴロウ・デラックス』『ソロモン流』『行列のできる法律相談所』の取材と番組出演が続いたのです。

これらの番組出演がきっかけで今につながっている出来事もありますので、それをお話ししたいと思います。

まずは『ゴロウ・デラックス』（TBS系）。

『王様のブランチ』と同じく、本を紹介してくれる数少ない地上波の番組です。取材

の打ち合せでプロデューサーが「稲垣吾郎さんと小島慶子さんに、実際に社員食堂でご飯を食べさせたい」と仰ったのですが、まさか実現するとは思いませんでした。

この時も他の番組と同じく、食堂と自宅での撮影がありました。違ったのはタレントの山田親太朗君が助っ人として食堂に来てくれたことです。彼は居酒屋さんでバイトした経験もあるそうで、洗い物や配膳も上手く、ちゃんと役に立ってくれました。当時スタッフが一人怪我で休職していたので、本気でバイトしてくれないかと思ったくらいです。一緒に築地に買い出しに行ったら、お店の人に「随分ハンサムなバイトの人が入ったね」と言われました。山田君には嬉しくなかったでしょう。

この番組のスタッフは女性が多かったのですが、出勤風景を撮影するため、若い女性二人が朝まだ暗い四時半から我が家の前で待機していたのには、本当に頭が下がりました。

食堂と自宅の撮影が終了し、後日いよいよ稲垣吾郎さんと小島慶子さんがやってくることになりました。もう、食堂も事務所も大騒ぎです。

お二人は夕方の営業が終わった六時過ぎに来店しました。普段なら宿直当番の人以

外は帰っている時間ですが、黒山の人だかり。食堂のスタッフも遅番の人は自主的に居残り、早番の人までわざわざ自宅から出て来てくれました。みんな吾郎ちゃんをひと目見たかったのです。

生で見る稲垣吾郎さんはテレビと同じ印象でした。私は映画『十三人の刺客』の悪役ぶりにすっかりファンになったので、間近でお目にかかって、お話し出来て、おまけに居酒屋さんでお酌までしていただいて、とても嬉しかったです。また一つ冥土の土産が出来たと思いました。

小島さんもテレビの印象と同じ、非常に頭が良くて勘の鋭い、ユーモアのセンスもたっぷりお持ちの方でした。

食堂の後、すぐ近くの居酒屋に移動して撮影があったのですが、お客さんたちのマナーの良さには感心させられました。誰一人騒いだり立ち上がったりせず、淡々と行儀良く飲み食いを続けているのです。何というか、思わぬ所で日本人の成熟度の高さを感じました。

次は『ソロモン流』（テレビ東京系）。

この番組の出演依頼が来た時は、久しぶりに興奮しました。やったね！　と思いましたよ。番組を全部使って特集してもらえるわけですから。

ただ、撮影期間が長いので、スケジュールは番組スタッフと相談して綿密に組みました。最優先は「映像的に面白い場面」の撮影です。例えば食堂の仕事と家庭の日常に加えて、会社の暑気払いパーティー、松本清張賞の賞金五百万円を使っての大宴会、ラジオ番組出演、父の墓参り、日本舞踊の稽古、新作のための取材、所属している小説の勉強会の様子など。『ソロモン流』は番組で培った豊富なノウハウがあるので、無駄な撮影はしない主義でした。それは私としても大いに助かりました。毎日カメラに張り付かれるのは気が疲れますからね。

この番組では担当のディレクターIさん、カメラマン、時にはADのSさんが応援に来て、大体二〜三人態勢での撮影でした。Iさんは穏やかでユーモラスな方で、撮影は万事順調に進行していました。

ところが、八月半ばに事態が急展開します。番組のプロデューサーが「やはり、どうしても山口さんが上海に立っている絵が欲しいんです！」と仰るのです。何を隠そ

う、私は五十五歳のその時まで一度も海外に行ったことがなく、パスポートも持っていませんでした。「パスポートさえ取ってくれたら、後は全部こちらでアテンドしますから！」。結局、怒濤の寄り身に寄り切られ、私は一泊二日の「月火上海」へ出発したのでした。

インタビューでよく『月下上海』を書くために、上海に取材に行かれたんでしょう？」と聞かれましたが、答えはノーです。一度も行ったことがありません。資料と想像力だけで書きました。何故なら舞台が昭和十七年の上海だからです。東京も、戦災とオリンピック、そしてバブルによって昭和十七年の姿とはまったく変わってしまいました。上海も文化大革命と上海万国博覧会のために、すっかり様変わりしたと聞きました。それなら無理して行く必要はないと思ったのです。

二〇一三年の上海は、ド派手な高層ビルの林立する街でした。高速道路は当時はなかった建造物の代表です。バンド（外灘）の一角は昔ながらの景観を保っているようですが、周囲は新しく変わっています。

でも、やはり行って良かったです。初めての外国が小説の舞台になった上海という

のは、ご縁の賜物だと思います。日本風のコンビニで八角の香りのおでんを売っていたり、ホテルの朝食バイキングに「黄油」というバターかマーガリンか謎のポーションがあったり、四つ切りゆで卵に殻が付いたままだったり、ファッションビルのフロアの隅でお母さんが子供にウンチをさせていたり、素晴らしいチャイナドレスのお店に行ったり、初めての経験がいっぱい出来ました。

日本での撮影のハイライトは、何と言っても船越英一郎さんとの対談です。場所は家の近所の小さな中華料理屋でした。普段着にサンダル履きで対談したゲストって、私だけかも知れません。でも、実はあの日は我が家に局のヘアメイクさんが来て、バッチリテレビ用のメイクをしたんですよ。画面に映るとノーメイクに見えるのがすごいでしょう。

船越さんはテレビで観るよりずっとスマートで顔の小さな、脚の長い方でした。非常に気さくで、驚いたことに少女マンガ通です。「僕は『マーガレット』派じゃなくて『少女コミック』派でした」なんて仰ってました。"二時間ドラマの帝王"と呼ばれるまでにはご苦労もおありだったはずですが、それを全部良い方に積んでこられた

のだと思います。

そして『行列のできる法律相談所』（日本テレビ系）。

所謂バラエティ番組に出演したのは初めての経験で、色々な意味で参考になりました。

この番組もスタジオで流すビデオの撮影がハンパじゃなくて、朝の仕込みからランチ風景、そして自宅へ移動してまた撮影だったのですが、何とスタッフがお酒とつまみ持参で、我が家で宴会状態になってしまいました。その様子をまた延々と撮影する。途中で完全にアルコールが回って寝てしまい、撮影隊がいつ帰ったのか記憶にありません。

翌日は二日酔いで大変でした。築地へ買い出しに行って、途中で吐きそうになったり……。

取材で酔っぱらったのはこの時だけです。

そして、スタジオ収録の日は、何と車が自宅まで迎えに来てくれました。その後、ワイドショーにコメンテーターで呼んでいただいたりして、送迎付きも増えましたが、初めての時は「すごい、タレントみたい。テレビ局ってお金あるんだな」と、ひどく

感激しました。

　日本テレビのスタジオには『行列のできる法律相談所』に出演するタレントさんや芸人さんがずらりと並んでいて壮観でした。毎朝見ていた『Oha！4（おはよん）』のキャスター中田有紀さんとご一緒出来たのは感激でした。それ以前に「Oha！4」からも取材依頼を受けていたのですが、「ソロモン流」の取材が実現しました。中田さんに我が家にお越しいただいて、聡明でクールな魅力に溢れる彼女を主役にした小説のストーリーを即席で作ったのは良い思い出です。

　番組は宮迫博之さんと東野幸治さんが交代で司会を務める形式で、出演者の中でもこのお二人は別格でした。あとは「ひな壇」に座るレギュラーの芸人さんと、その週のゲスト、そして弁護士のみなさん。カメラの後ろの席には見物のお客さんが大勢座っていて、スタジオなのにライブっぽい作りでした。

　番組が始まってすぐ「ああ、素人は出ちゃいかんなあ」と痛感しました。何故なら、ひな壇の芸人さんたちの熾烈な「リアクション芸」合戦を目の当たりにしたからです。

私をはじめゲストの出演者は司会の宮迫さんに話を振っていただいて、きちんと話すことが出来ます。ひな壇にいても東野さんは、宮迫さんと掛け合い漫才のようにして笑いが取れます。が、それ以外の芸人さんは必死にリアクションをして、発言の機会を得るのです。リアクションとはつまり「相槌」です。「へえ。ホンマ」「嘘やろ」「なるほど」「うわ～、しんど」「そう、そう」等、発言に対してなるべく大袈裟に反応して、アピールを繰り返すのです。

これは疲れるだろうなと思いました。相槌は彼らの本来の芸ではありません。でも、必死でそれをやらないとチャンスが来ないわけです。

そしてひっきりなしに大袈裟なリアクションを入れないと、受けないとか盛り上がらないとかマイナスの印象になってしまうとしたら、その番組作りも無理があるのではないか……そんなことを感じました。

放送される番組は正味四十五分くらいですが、収録は三時間近くかかったと思います。その間、カメラが回っていてもいなくても、全力投球でお客さんを笑わせる宮迫さんの芸人魂は大したものでした。これは東野幸治さんも同じですが、司会に起用さ

れる芸人さんというのは、普通の人より神経の数が多いように感じます。司会進行からゲストとの絡み、さらに自分の話芸でしっかり笑いを取ると、一人で三役くらいこなしているわけですから。やはり売れる芸人さんは売れるだけの理由があると、改めて感じたことでした。

宮迫さんについて（二〇二〇年二月記す）

ここでもう一度宮迫博之さんについて言及させて下さい。

宮迫さんは二〇一九年、闇営業その他の落ち度を糾弾され、謹慎状態が続いています。でも、私は「芸人が営業に呼ばれた先が反社会集団だったとして、それがどうして芸人の落ち度なの？」という意見です。それはマネジメント側の失態であって、呼ばれた芸人に罪はありません。芸人の罪はただ一つ、未熟な芸を披露することです。「嘘を吐いた」云々に到っては論外です。そもそも話芸とは嘘で成り立っているのではありませんか。現実、つまり本当が辛くてつまらないから、お客さんは虚構に笑いや安らぎを求めるのです。

私は『行列のできる法律相談所』で、三時間の収録中、カメラが回っていてもいなくても、パワー全開でお客さんを爆笑させていた宮迫さんの、輝くような姿を忘れることが出来ません。それに、役者としても演技力抜群で、印象的な作品がいくつもあります。

宮迫さんが一日も早く表舞台に復帰出来るように祈っています。同時に、これほどの芸人から舞台を奪うような非寛容な社会であってほしくないと、願わずにはいられません。

ただ、人間何が次につながるか分からないものです。私は『ワイドナショー』(フジテレビ系)という番組にたまに呼んでいただくのですが、そのきっかけは、この時ご一緒させていただいた東野幸治さんが「あの人面白いから」とプロデューサーに推薦して下さったからでした。私は『ワイドナショー』に出していただいたお陰で、松本人志さんや中居正広さん、そして大学生の頃から大ファンだった北野武さんを間近で拝見出来るという、ちょっと前ならあり得ない貴重な経験をさせていただき、冥土

の土産がどっさり出来て本当に良かった……と感謝しています。

これ以降も『大竹まことの金曜オトナイト』（BSジャパン）、『超インテリクイズバトル「THE博学」』（テレビ朝日系）、『サラメシ』（NHK）、『あさチャン！』（TBS系）、『たけしのニッポンのミカタ』（テレビ東京系）等々、テレビ出演は続きました。

有田さんの手相、宮崎さんの博識

そして二〇一六年頃からでしょうか、何故かクイズ番組からお呼びが掛かるようになりました。『ネプリーグ』（フジテレビ系）、『クイズプレゼンバラエティーQ様！』（テレビ朝日系）、『ザ・モノシリスト！』（BS朝日）など、複数回呼んでいただきました。

ご覧になった方はお分かりでしょうが、私は別にクイズが出来るわけではありません。それなのに呼んでいただけるのは、きっと「出演を予定していた方が急用で来られなくなり、数が足りないからピンチヒッターで呼ばれた」からでしょう。これは別に謙遜しているわけではなく、八割方当たっていると思います。だって私は基本的に家にいて原稿を書いているので、呼ばれたら行けますから。

でも、お陰でとても気が楽です。だって「クイズが出来るから呼ばれている」なら失敗できませんが、「数合わせ」で呼ばれている以上、失敗も数の内です。おまけに出演料はもらえる、有名人は間近で見られる、お話も出来ちゃったりするのですから、もう「持ってけ、ドロボー！」と自分にツッコミたくなります。

『ネプリーグ』に出していただいていて、ネプチューンのお三方の紳士的なことに感動しました。初対面の時、原田泰造さんに『月下上海』半分まで読みました。面白いですねぇ！」と褒めていただき、堀内健さんには番組中に「恵以子♥」と呼んでいただきました（笑）。名倉潤さんはとても博識で、生真面目な方なのだろうと感じました。二回目の『ミラクル9』では何度かキャプテンの有田哲平さんのお隣に座りました。二回目の

時でしょうか「もしかして『FLASH』で人生相談書いてませんか?」と訊かれました。「読んでて下さったんですか?」と驚くと、「写真が食堂の格好だから、全然分からなかった」とおっしゃいました。私、数年前からテレビや雑誌等、メディア露出はほとんど和服で、その時も和服だったのです。

そして折角なので有田さんに手相を見せていただきました。私は少し手相を齧ったことがあって、大まかな事は分かるのです。その時他の出演者お二人の手相も拝見しましたが、やはり第一線で活躍している芸能人の方は、どなたも運命線と太陽線がくっきり刻まれた、良い手相でした。

これはクイズ番組ではありませんが、『関ジャニクロニクル』という番組からオファーがありました。言わずと知れた関ジャニ∞の皆さんが看板のバラエティー番組です。「○○だけど本当は××」という企画で、なんと、村上信五さんと大倉忠義さんが我が家に来て下さいました。一番羨ましがられるのがこの話です。お二人ともとても頭が良くて人を逸らさぬ好青年で、私が作ったお摘まみを「マジ美味いっすね!」と完食して下さいました。プロットライター時代の話をすると、村

上さんは、関西から東京へ出てきた頃はぞんざいに扱われることも多かったとおっしゃっていました。今でこそ大人気ですが、色々とご苦労もされていたのですね。

我が家のロケまでにはスタッフとの打ち合せが二回ありました。一度は某出版社で、二度目はスタッフが大挙して我が家にやって来て、結構入念に……本番一時間弱で、打ち合せは三時間くらい。当然ですが、「ロケが終わるまで、メンバーが山口さんの家を訪問することは口外しないで下さい」と念押しされました。

でも、当日はロケバスが二台家の前に停まったので、ご近所にはバレバレで、ロケが終了するや、隣家の方に「さっき、お宅に村上君と大倉君、来てたでしょ?」と言われてしまいました。

宮崎美子さんにもひと言触れたいと思います。宮崎さんと最初にお目に掛かったのは二〇一二年から二〇一六年までBS11で放送されていた『すずらん本屋堂』という、文字通り本を紹介してくれる番組でした。私の長編二作目『あなたも眠れない』を紹介して下さったのです。宮崎さんは前作の『月下上海』も読んで下さった上で、丁寧に作品の魅力を伝えて下さいました。

58

翌年、『クイズＱ様』でたまたまご一緒したところ、撮影の合間に「山口さん、新作、何か書いていますか？」「もちろんです。そのものズバリ『食堂のおばちゃん』っていう小説が出たばかりですよ」「あら、それは面白そうですね」という遣り取りがありました。すると、翌日には番組のプロデューサーから出版社に電話があり、二回目の出演が打診されたのです。

二度目の出演では、プロデューサーの依頼で作品に登場する料理を三品ほど持参しました。ちなみに番組収録後、スタッフの皆さんが大喜びで召し上がったそうです。

その際にも宮崎さんは『食堂のおばちゃん』のみならず、前作『あしたの朝子』（実業之日本社文庫『工場のおばちゃん』に改題）もしっかり読み込んで撮影に臨まれていました。

宮崎さんは若々しくて可愛らしい印象の方ですが、実は私と同い年で、デビューは大学生の時です。しかも当初はグラビアが有名になりました。にもかかわらず、それから四十年以上、クイズ、情報番組、ドラマ、映画と、常に芸能界の第一線で活躍を続けているのです。それはひとえに、宮崎さんの弛まぬ努力の賜物なのだと、この時

の経験でよく分かりました。いつも穏やかで、ご自身の知識や経験をひけらかすようなことは決してなさいませんが、芸能界を代表するキャリアウーマンだと、感服いたしました。

繰り返しになりますが、テレビに出て超の付く有名人とご一緒することがあっても、私は上がったことがありません。それは自分が部外者だという意識があるからだと思います。もし芸能界で生きているなら、もの凄く緊張するでしょう。失敗出来ないからです。ただ、幸いなことに私は芸能界の人間ではなく、たまたま呼ばれているに過ぎません。ダメで元々、失敗してもご愛敬と思っているので、気が楽なのです。

これはテレビ出演に限らず、何か新しいことに挑戦する時の心構えとして、悪くないと思います。緊張しすぎると本来の実力を発揮出来ないことがあります。全力を尽くした結果が及ばないならともかく、実力を出し切れないで失敗するほど口惜しいことはありません。

だからもし何かで上がりそうになったら、心の中で「ダメで元々、失敗してもご愛

敬」と言ってみて下さい。少しは気が楽になりますよ。

ここでもう一つ書き加えたい番組があります。ニッポン放送『垣花正　あなたとハッピー』（毎月～木、朝八時～十一時半）です。放送開始からすでに十二年のご長寿番組で、昨年フリーになった垣花正さんがメインパーソナリティー、ベテランアナウンサーの那須恵理子さんがアシスタントを務めています。

私はこの番組に二〇一三年に初めてゲストで呼ばれ、その後も何度か呼ばれるうちに、二〇一五年から準レギュラーとして月一回ほど呼ばれるようになりました。ラジオのアナウンサーのしゃべりは超一流です。しかもお二人とも百戦錬磨の大ベテランなので、私はスタジオに入るともう、野に放たれた虎の如く、自由奔放にしゃべりまくります。どんなに暴走してもお二人が上手く時間内に収めて下さるので、安心して全てお任せです。

それに、お二人ともとても誠実で信頼できるお人柄なので、お話ししていると楽しくて、時間を忘れてしまいます。私の出演時間は一時間十五分弱ですが、本番が始ま

るとあっという間に時間が過ぎて、帰るときはちょっぴり名残惜しくなります。

この番組に呼んでいただいたのも何かのご縁でしょうが、豊かな時間を過ごさせていただいて、心から感謝しています。

元々軽妙なトークで人気だった垣花さんですが、フリーになってからはますます磨きが掛かりました。素人の私が絡んで道を外れそうになると、那須さんが優しくソフトに修正して下さいます。

垣花さんが〝ラジオ界のモンスター〞なら、那須さんは〝ニッポン放送の上皇后〞ではないかと、思ったりするのです。

縁が縁を呼ぶ幸せ

テレビに出演したことで、意外なご縁に巡り会いました。それは今の私の大切な宝物になっているので、それについてお話しさせて下さい。

私が勤めていた社員食堂は、有楽町駅と新橋駅の中間の高架下にありました。線路の上を東海道新幹線と山手線・京浜東北線が走り、通りを挟んだ向かい側は帝国ホテルの搬入口と従業員用通用口です。通路の入り口に「新橋方面近道」という看板が掛かっていて、新橋駅や有楽町駅から帝国ホテルに通勤する人たちの通り道でした。

二〇一三年の七月の初め、Yさんという帝国ホテルに勤める方が食堂を訪ねてみえて「山口さん、テレビで拝見しましたよ。おめでとうございます」と、帝国ホテルの従業員紹介優待券をプレゼントして下さったのです。もう何十年もこの通路を通って出勤していて、社員食堂も目にしていたそうです。「テレビで見て、あの食堂の人だと分かって、びっくりしましたよ」と仰いました。

私は松本清張賞の賞金五百万円は全部呑む、と受賞会見の席で宣言しました。その後、どうせなら親しい人やお世話になった人たちをお招きして、大宴会を開いてパーッと遣おうと決心し、当時はどの店にしようか検討中でした。遠くから仰ぎ見ていた帝国ホテルは、食堂のおばちゃんには畏れ多い場所でしたが、Yさんのお陰で急に身近に感じられるようになりました。そして、高校の同級生、ミステリー同好会の友人、

脚本の勉強会の仲間、日本舞踊の先生や相弟子さんたちなど、いくつかのグループを招待して「レ セゾン」「ラ ブラスリー」「小宴会場」等で食事会を催しました。

九月にミステリー同好会の友人たちと十七階のラウンジで二次会をやっていた時のこと。支配人が席にやってきて「実は、当ホテルの会長が山口さんにご挨拶申し上げたいと……」。小林哲也会長は『ソロモン流』を拝見しましたよ。いやあ、痛快でした」と仰って下さり、後日食堂にお菓子まで届けて下さいました。せめてものお礼に、その時刊行されていた自作品三冊をお送りしたところ、丁寧なお手紙と『帝国ホテルの不思議』（村松友視著・日本経済新聞出版社）『帝国ホテルの120年』（帝国ホテル編）をいただきました。この二冊はその後、作品を書く上で非常に役に立ってくれて、今も貴重な資料になっています。

その後、小林会長には新刊が出るとお送りし、その度に温かい励ましのお手紙をいただくようになりました。元々、小林会長は菊池寛の『入れ札』に感動した文学趣味の方で、高名な小説家や随筆家と交流があり、楽しいエピソードを色々教えていただきました。

Yさんはお父さんも帝国ホテルの社員でいらして、ご自身はその年で定年を迎えられました。Yさんの結んで下さった細いご縁がきっかけになって、新たなご縁が生まれたのだと思います。それを思うと、人と人との出会いの不思議さを感じないではいられません。

やはり二〇一三年の十月のことでした。

文藝春秋の担当編集者Aさんから「角川春樹さんが山口さんに会いたいと言ってきましたよ」とメールが来て、文藝春秋のサロンでお目にかかることになりました。

角川春樹さんといえば、私には数々の角川映画の製作者、出版と映画・テレビのメディアミックスの創始者、文庫本の表紙を思いっきりド派手に変えた人……というイメージしかありませんでした。しかしその後、遅ればせながら非常に優秀な編集者だと知りました。北欧ミステリーの古典「マルティン・ベック」シリーズは編集者時代の角川さんが発見して刊行したもので、北方謙三さんに『三国志』を書かせたのも、佐々木譲さんに『北海道警察』シリーズを書かせたのも角川さんでした。

当日サロンにはAさんと角川春樹事務所の書籍編集部長Hさんも同席しました。

角川さんはいきなり「僕は自家製の焼酎を造らせているんですよ」と、『生涯不良』というラベルの焼酎をドーンと出しました。シェリー酒のような風味だそうで「まず色を見て、香りを嗅いでみて下さい」と。栓を開けると、確かに馥郁（ふくいく）たる香りが漂いました。私は我慢出来ず「ここまで来たら、呑みましょうよ！」と、サロンのバックヤードへ走り出しました。びっくりしたAさんがあわてて後を迫うも追いつけず。私はグラス四個を手に席に戻り、みんなで試飲したのでした。Hさんには後々まで「あの時、山口さん速かったわねえ」と感心（？）されました。

その時の角川さんの用件は「食堂小説を書きませんか？」でした。食堂のおばちゃんの書く食堂小説は絶対に良い、と。

まことに残念ではありましたが、その時、私はお断りしてしまいました。何故なら定年まで食堂で働くつもりでいたからです。

「今は食堂の仕事と書く仕事がマンションの二〇三号室と二〇四号室みたいに上手く棲み分けしてくれて、とても良い状態です。食堂で働いている時に小説のことは考えませんし、書いている時に食堂のことを考えることもありません。でも、もし食堂の

小説を書いたら、二つの世界が混乱すると思います。だから食堂を辞めるまでは書けません」

その時は「では、またの機会に」で会見が終わったのですが、それからわずか半年足らずで私は食堂を退職してしまいました。

すると早速のようにHさんから連絡があり、私はお昼に神楽坂の『たかさご』という素敵なお蕎麦屋さんに招待されました。その時は「これはもう逃げられないな」と覚悟しました。私は池波正太郎チックに〝昼下がりの蕎麦屋でそばを手繰りながら昼酒を呑む〟のが昔年の夢だったのですが、それを叶えていただいたわけですから。

角川さんは「食堂小説がいやなら、神楽坂近辺に残っている昔ながらの地名に題材を取ったミステリーでも良い」と仰ってくれましたが、私は「この際、食堂小説を書かせていただきます！」と答えました。すると角川さんは「絶対にそれが良い！　タイトルは『食堂のおばちゃん』でいく」と……。

「そりゃ、あまりにベタじゃないですか」と私。

「何を言ってるんだ。君のことを知ってる人はみんな君が食堂のおばちゃんだって知

ってるんだよ。このアドバンテージを活かさない手はないだろう」

やっぱり角川さんは優秀な編集者でした。『食堂のおばちゃん』というタイトルでPR誌「ランティエ」に連載した小説は、それまで私が目指したスリルとサスペンス、ドラマティックな盛り上がりとは違う「近所の食堂で美味しいご飯を食べてまったりした気分」の小説になりました。「今までの山口さんの小説の中で一番好き」と言ってくれる友人もいて、自分でも新境地が開けた気分でした。幸い続編の連載も決まり、私にはいくつもの幸運をもたらしてくれる作品となったのです。

それと、もう一つ嬉しかったのは、他の出版社の担当編集者たちも、角川さんと仕事をすることを喜んでくれたことです。「あの人は編集者としては二十世紀でも三本の指に入る人だから、将来、山口さんの宝になりますよ」と言ってくれた人までいました。

そして二〇二〇年三月現在、『食堂のおばちゃん』シリーズは七巻まで刊行され、累計二十五万部を超える人気シリーズに成長し、私を支える柱になってくれました。

私は松本清張賞受賞以来いくつもの幸運に恵まれましたが、編集者に恵まれたのも

大きいと思います。私の作品を好きだと思ってくれる編集者に出会えました。好感を持ってくれる編集者に担当してもらえる作家ばかりではありません。「本当はこの人の小説大嫌い」と思っている編集者が担当になることだってあるのです。

私の場合、文藝春秋社以外は、受賞作が担当になることだってあるのです。新人に小説を読んで「うちで小説を書いて下さい」と依頼してくれた編集者が担当です。新人に小説を書かせるのは一種の冒険ですから、そういう方が何人も現れたのはまことに幸運で、足を向けては寝られない気分です。

そして文藝春秋社には書籍・文庫・雑誌（『オール讀物』）と、担当者が三人います。この中で一番最初にお目にかかったのが書籍の担当Aさんで、受賞前から担当でした。と言うのも松本清張賞は三月初め、つまり誌上に二次選考通過作品が発表される以前に、最終候補四作品が決まって各候補者に担当が付くのです。Aさんはベテラン編集者で、新人を担当する役ではなかったのですが、たまたま当時三ヶ月ほど時間が空いたので「久しぶりに新人を担当してみない？」と打診され、「それなら『月下上海』が一番面白かったから、その作者を」と申し出てくれたのです。受賞後の過密スケジュールは、Aさんの綿密な調整がなければ大混乱に陥っていたでしょう。朝五時のテ

レビ撮影から夜中の二時のラジオ収録まで、立ち合いで付き添っていただきました。

一時期、親よりお世話になった方です。

文庫担当のBさんは同じ酒呑み、しかもスパークリング系が一番好きということで、もはや他人とは思えません。

『オール讀物』のNさんは年齢差四半世紀の若さですが、受賞第一作の短編を書いている時から貴重なアドバイスをいくつもいただきました。何より、小説に関しては同じ方向を向いているのが伝わってきて、心から信頼出来る編集者です。

普通、新人がこれほど編集者に恵まれることはないはずなので、その点でも我が身の幸運を感謝せずにはいられません。

ご存知の方もいらっしゃるかと思いますが、私は二〇一三年の十二月から二〇一九年五月まで『FLASH』（光文社）誌上で人生相談のコラムを連載していました。タイトルは「相談すんな！」。だって、自分の人生を他人に相談するなんて、おかしいでしょう？

話は逸れますが、私のボケた母親は『FLASH』のことを「エロ雑誌」と呼んでいました。「自分の娘が原稿を書かせていただいている雑誌を、『エロ雑誌』と言う親がありますか。『写真週刊誌』と言いなさい！」。すると母曰く「だって下の毛がソヨソヨ風になびく写真が一杯載ってるよ」「だから『写真週刊誌』なの！」「……なるほど」

編集長のYさんから連絡があったのは、角川さんとお目にかかった半月ほど後でした。

待ち合わせに指定されたのは帝国ホテルの「オールドインペリアルバー」。どうして私の心の琴線に触れるような場所を……と思いつつ、午後二時に行くと、Yさんはすでにビールを呑んでいました。こうなったら私も白ワインを注文するしかありません。その時点ですでに話は決まったも同然でした（笑）。

「僕はやはり写真週刊誌では将来性が乏しいと思う。いずれは総合週刊誌に転換を図らないと難しい。その第一段として、是非山口さんに面白いコラムを書いてもらいたい」

お話の趣旨は大変立派で、私も「コラムって書いてみたいな」と思いました。Yさんからは「人生相談でも良いし、自由にエッセイを書いてくれても良い」と言われたので、それなら人生相談にしようと思いました。人生相談であれば毎回お題をいただいてエッセイが書けるので、フリーハンドで書くより楽ではないかと計算したのです。

実際に連載を始めると、これはとても楽しい仕事でした。小説とエッセイは同じ脳みそでも使う場所が違っていて、書いていると気分転換になったりします。それに深刻な内容から「妻がトイレのドアを開けっぱなしで用を足す」なんてラブリーなものまで、相談して下さる方たちの肉声が伝わってくるようで、やり甲斐もあります。

このコラムは結構各社の担当編集者が読んでくれて「あれは笑えました」とメールをもらったりしました。「エロの谷間の一膳飯屋って感じが良いですね」と言われた時は嬉しかったです。

友人に「買うのは恥ずかしいだろうから、立ち読みしてよ」と言ったら「立ち読みする方がもっと恥ずかしい」と言われてしまいました。

まあ、はっきり言って、お悩みの解決には役に立っていないかも知れませんが、ご

相談者さんたちは納得していたでしょう。「なるほど、相談すんじゃなかった」と……。

第二章　お見合い四十三連敗

父の遺伝子を丸ごと受け継ぐ

　私は東京タワーと同い年です。昭和三十三年六月六日、東京都江戸川区の松江という町に生まれ、三十歳まで暮らしました。

　江戸川区というと「下町ですね」と言われますが、半世紀前の江戸川区は完全な田舎でした。私が生まれた当時、松江は「東小松川」という地名だったのですが、小松菜というのは「小松川で採れた菜っ葉」のことで、これだけでもどれだけ田舎かお分かりでしょう。家から徒歩一分で田園風景……田圃と畑と肥溜めが広がっていました。

　小川も流れていました。春の小川でメダカを捕ったり、マッカチンというザリガニを捕ったりして遊んだものです。大人になってからレストランでオマール海老を見た時は「おお、マッカチン！」と再会を懐かしんだものです。

　私の家は理髪鋏の工場を経営していました。「剪刀齋山弥」という理髪鋏の業界ではトップブランドで、祖父は現代の名工技能賞を受賞し、勲六等瑞宝章を授与された

ほどの名職人でした。

路地に面した鰻の寝床のような細長い土地。面積にして大体百坪くらいでしょうか、その中に工場と母屋と従業員寮の三棟の建物が建っていました。最盛期にはボロい木造で、住まいは風呂のない平屋建て、住み込みの工員さんの寮が一番新しくて二階建てでした。だから子供の頃は大家族で、住み込みの工員さんには朝ご飯と夕ご飯を出していましたし、うちから定時制高校に通う工員さんたちには、母が親代わりとなり保護者会にも出ていました。

町工場の奥さんというのは、ほとんどの場合専業主婦ではやっていけません。母は帳簿をつけて経理を担当する他、従業員の食事の世話をしていましたが、中には工場で実際の作業をしたり、外交面を担当する奥さんもいました。その代わり従業員として給与が支払われたので、夫の給料をへそくらなくても自分名義の収入があり、その点は恵まれていたと思いますが。

母一人では二十数人いる大所帯の家事をこなせないので、住み込みのお手伝いさん

を雇っていました。私が赤ん坊の頃から家にいた人なので、家族同然でしたし、母とはとても気が合って、義理の姉妹のような関係でした。私が小学校に入る前に退職して別の職に就いたのですが、その人が亡くなるまで、ずっと我が家との付き合いは続きました。

その頃、母は毎日忙しかったと思います。同じ敷地内に工場があるので、祖父と父は朝・昼・晩と三回家でご飯を食べるわけです。夫が朝仕事に出て夜まで帰ってこないサラリーマンの奥さんがうらやましかったようで、私に向かって口癖のように「エコちゃんはサラリーマンと結婚しなさいね。サラリーマンの奥さんは良いわよ。っから『人妻椿』見てられるんだから」と言っていました。「人妻椿」はその頃流行っていた昼メロ、つまりよろめきドラマです。……そうか、"よろめき"も死語なんですね。今は不倫ドラマですか。

うちは両親と兄二人、私、祖父、お手伝いさんの七人で暮らしていました。祖父は世田谷の若林に家があり、そこには祖母と独身の叔父、未亡人の叔母母子が住んでいて、祖父は土曜の夕方世田谷に帰り、月曜の昼に工場のある江戸川区の我が家に戻っ

てくるという生活をずっと続けておりました。

父は大正四年、東京の渋谷に生まれました。忠犬ハチ公の実物を何度も見たそうです。「堂々として風格があった」とか。八歳で関東大震災を経験しています。いただき物の鯛の奉書焼きがお昼の食卓に出て、やれ嬉しやと思った途端、ドカーンと揺れが来て、鯛の奉書焼きは天井から落ちたホコリで埋まってしまいました。よほど口惜しかったのか、およそ生涯で訓戒らしいものを垂れたことはない人でしたが、たった一つ「美味いものは先に喰え」だけは口にしました。

そうそう、もう一つ「酒は水で割るな」。父はとても酒豪だったので「ウイスキーを水で割って呑む奴はウイスキー職人の心を分かってない。水で割らなきゃ呑めないような酒なら、そんなもん呑むな!」と言うのです。でも、普通の日本人は蒸留酒を生で呑んだら胃を壊してしまうので、よい子のみなさんは真似しないようにね。

ただ、父は酒豪でしたが、家で晩酌をしませんでした。芸者さんがいないといやなんです。家で呑むのは貧乏臭いと言って、もっぱら綺麗どころのいる場所へ出かけたようです。父が家でお酒を呑むのはお正月の赤玉ポートワイン(うちはお屠蘇ではないな

く赤玉ポートワインでした）とお客様が来た時くらいでした。

母は完全な下戸です。長兄は母の遺伝子を受け継いでノンアルコールビールで酔えるほどです。次兄はスケールの小さい酒呑みです。父の遺伝子を丸ごと受け継いだのは、どうやら私一人らしいですね。

あれは私が四十歳になったばかりの頃だったでしょうか。　我が家にはいただき物の高級洋酒（カミュXO、クルボアジェなど）が棚の上にずらりと並んでおりました。

私は夜中に独り酒を呑んでいて、買ってきた酒を全部呑んじゃって、さらにもうちょっと呑みたい時、買いに行くのが面倒なので棚の上の高級洋酒を分けてもらうようになりました。そして一年もしないうちにすべての瓶がカラに……。どうやら家では呑まないのでバレるわけないと思っていたら、ある日どういう風の吹き回しか、父が脚立に乗って棚の上の洋酒の瓶を手に取ったのです。あまりの軽さに驚いて箱を開けると、瓶の中は空っぽ。しかも、全部カラ。その時すでに次兄は結婚して家を出ていたので、「パパはどうせ呑まないんでしょ。飾っといたらもった

いないじゃない」

誰が呑んだか一目瞭然です。

「だからって、全部呑むことないじゃないか」

「だって、一度栓を開けたら、早く呑まないと中身が悪くなっちゃうじゃない」

父はギャフンという顔をしたまま、呆れて二の句が継げず、結局私に文句を言えないままその話は終わってしまいました。

祖父は職人でしたが、父はエンジニアと言った方が相応しいでしょう。元々は鋲造りを継ぐ気はなくて、戦前の東京工大を卒業してから三菱重工に勤めて自動車部門で働いていました。ところが明治生まれで職人気質、徒弟制度で鍛えられた祖父は、弟子を育成することが出来ませんでした。みんな途中で大喧嘩をして辞めてしまうので、工場の将来が危うくなり、見かねた父が退職して工場に入ったのです。

祖父は鋲造りに関しては天才的な職人で、金属の端を舐めればモース硬度計でも測れない微妙な硬さの違いを判定し、鋲を調整させれば切れ味も長切れも自由自在に変えられる腕を持っていました。しかし、その技術は経験と勘によって身に着けたもので、教えられて覚えたものではなかったのです。だから、自分の技術を言葉や数値に置き換えて、他人に伝えることが出来ませんでした。習うより慣れろ、技術は盗んで

覚えろという世界です。父は祖父のような天才ではありませんでしたが、技を分かり易く説明し、他人に伝える術を持っていました。父が工場長に就任してからは、職人が怒って辞める例は減ったので、家業を継ぐという父の選択は間違っていなかったと思います。

一方、母は昭和二年、千葉県千葉市に生まれました。実家は元は大きな旅館だったそうですが、母が物心つく頃には廃業に追い込まれていました。バスの路線が開通したためです。それまで千葉大附属病院で診察を受ける患者さんは、ほとんど病院の近くのその旅館に一泊していたのが、日帰り出来るようになって、宿泊客が激減してしまったのです。

母の父、つまり母方の祖父は苦労知らずのぼんぼん育ちでしたが、一念発起して勉強し、検定で医者の資格を取りました。ところが開業して間もなく脊椎カリエスを罹病し、わずか四十歳の若さで亡くなってしまいました。母が十六歳の時です。

母の母、母方の祖母は看護学校を卒業し、結婚前は千葉大附属病院で働いていました。祖父が検定の勉強をする間、看護婦に復帰して元の職場に勤務し、生活を支えました。

した。祖母が再就職を決意した時、祖父は「おまえが玉の輿に乗って退職したことは、昔の同僚はみんな知っている。それが今更古巣へ戻るのは辛かろう。どこか知らない土地の病院へ勤めてはどうか?」と尋ねたそうです。すると祖母はきっぱりと答えました。「私は少しも恥ずかしくありません。旅館が潰れたのは私たちの落ち度ではなく、時世時節で仕方のないことでした。私は堂々と元の職場へ復帰します。それに、人には同情というものがあります。玉の輿に乗ったはずの同僚が、亭主と子供と姑を抱えて必死に働いている姿を見れば、気の毒に思って良くしてくれるはずです」

祖父はダンディな男前であり、多彩な趣味の持ち主でした。母は米寿になっても「ママのお父さんほど素敵な人はいないわ」と言うファザコンですが、一方祖母のことは「田舎者でブス。ありがたいけどつまんない。お父さんはどこが良くて結婚したのかしら?」と辛辣この上ありませんでした。ファザコン娘はどうも母親に手厳しいようです。それはさておき、祖父はしみじみ漏らしたそうです。

「俺はカミソリだが、あいつは鉈だ。カミソリの方が切れ味は鋭いだろうが、鉈とカミソリが喧嘩したら、鉈の勝ちだ」

母は県立千葉高等女学校を卒業しました。コーラス部で声楽に目覚め、オペラ歌手になるのが夢でした。ところが扁桃腺の手術をしたら声が不安定になって声質も変わってしまい、断念せざるを得なくなりました。

後年、大学を卒業した私がマンガ家を目指したり、売れる見込みのない脚本や小説にしがみついていても、ただの一度も「いい加減に諦めて結婚しろ」とか、「ちゃんとした会社に就職しろ」と言ったことがないのは、自分自身が夢を諦めた経験をしたせいではないかと思っています。

母は十九歳で一度結婚し、長兄を産みましたが、間もなく離婚しました。そして二十八歳の時父と知り合い、長兄を連れて再婚しました。母は再婚でしたが、当時四十歳だった父は初婚。昭和十二年に応召し、終戦までずっと軍隊にいたため婚期を逸してしまった……と言うといかにも気の毒ですが、実際には気楽な独身生活を謳歌していたようです。母と結婚する前には愛人が三人いたそうですから（笑）。

長髪全盛時代、我が家に訪れた危機

半世紀前の江戸川区を「田舎」と書きましたが、それでもさすがは東京で、家の近所にはちゃんと商店街がありました。

路地のすぐ向こうの通りには米屋さん・八百屋さん・精肉店・鮮魚店・乾物屋さん・パン屋さん・ラーメン店・酒店・理髪店・美容院・小間物屋さん・甘味処等のある小さな商店街が、その通りの五十メートルほど先には町のメインの商店街……松江通り商店街がありました。片側一車線の小さな通りの両脇に五十メートルほど続くその商店街が、子供の頃の私には小宇宙でした。

そこには何でもありました。小学校の隣には二階建てのレストラン「ミツトミ」、向かいには大きな文房具店「エビハラ」と「江戸川書房」、味噌の「佐野屋」、「スーパー中村」、「八百竹」、食器店「保土田」、パンとケーキの「エノモト」、呉服の「伊勢屋」、洋品店の「やすだ」と「わんや」。その他にも茶舗、紳士服テーラー、魚を叩

いて作る自家製のおでん種屋、小さいながらもトリスバーがあり、精肉店とは別に鶏肉を専門に扱うお店が二軒ありました。通りを走っていたのはトロリーバスでした。

子供の頃、買い物籠（かご）を下げた母のお供をして松江通り商店街に出かけるのは、ワクワクするようなイベントでした。今でもあの時の楽しさを良く覚えています。

今現在、先に挙げた店は「エビハラ」と「八百竹」を除いて現存していますが、商店街そのものはシャッター通りに近い有様です。たまにその場所を通ると、あの頃の賑やかな光景が蘇ってきて、胸が締め付けられます。

実は二〇一七年、商店街にある松江図書館で講演をさせていただきました。その時、江戸川書房の奥さん（往時はとても美しい方でした）を始め、懐かしい方が来て下さり、「お母さんはお元気ですか？」と、皆さん、母のことを覚えていて下さって、本当に嬉しかったです。

私は母にとっては三人目にやっと生まれた待望の女の子なので、舐めるように可愛がってもらいました。文字通り溺愛（できあい）されて育ったのです。今になって振り返ると、二人の兄たちに比べてだいぶ甘やかされていて、申し訳ない気持ちになります。三人目

なので母も子育てに慣れ、気持ちに余裕が生まれていた面もあるでしょうが。

二人の兄は疳が強くて食が細く、夜泣きはするわ、小鳥の擂餌のような離乳食を必死で作っても全然食べないわで、母は非常に苦労させられたそうです。夜中に泣き止まない次兄を抱え、いっそこのまま小松川橋の上から飛び込んでしまおうかと思った……と語りますが、多分それは嘘です。

ところが私はよく食べてよく寝る、食べさせておけば一日中機嫌の良い子でした。夜中の十二時にミルクを飲ませれば朝六時まで一度も目を覚まさずに熟睡し、離乳食など作らなくてもご飯粒を潰して口に入れてやればパックンと食べ、おまけに人が食べているのを見ると食欲が出て、一日に何度でもご飯を食べる健康優良児、母からしてみたら天使のような子供だったでしょう。

女の子は大体男の子よりも成長が早くておませです。小学生までは私も二歳年上の次兄より身体が大きくて、口が達者で、二人並ぶと必ず「お姉ちゃん?」と間違えたものでした。まだ幼稚園に行く前から絵本が大好きで、様々な絵本を買ってもらいました。子供なので何回か読んでもらうと中身をすっかり暗記してしまい、ページを

開くと字も読めないのに文章がスラスラと口から出てきました。同時にお絵描きが大好きで、絵本を見ながらお姫さまの絵をいっぱい描いていました。

その頃、母は寝る前に絵本の読み聞かせをしてくれました。元々声楽家志望だったので、登場人物ごとに声色を使い分けたり、テーマミュージックを勝手につけたり、効果音を入れたり、時には内容をアレンジしたりと、絵本というよりラジオドラマのような感じで、お手伝いさんも「面白いから一緒に聞かせて」と、部屋に聞きに来たほどです。

今でも忘れられないのは『人魚姫』です。子供向けの絵本はラストをぼかして「天使になって大空へ上って行きました」とか何とか書いてあったのですが、母は原作通り、人魚姫が新婚の王子様を殺すことが出来ず、足元から泡になって、海の藻屑と消えて行く様を切々と語るので、子供心に「愛ってなんて残酷なんだろう」と思い、ワンワン泣いてしまいました。大人になった私が「恋」や「愛」と聞くと、まず「残酷なもの」「報われないもの」という概念を持つようになったのは、この時の体験が元になっているのかも知れません。

88

そして、幼稚園に通うようになると『少女フレンド』『マーガレット』という少女マンガ雑誌が創刊されました。私はすっかり少女マンガにはまり、当時は楳図かずおの恐怖マンガ『まだらの少女』『ママがこわい』などを夢中で読んでいました。そして画用紙に鉛筆で、見様見真似でマンガらしきものを描くようになりました。中学生になると『ベルサイユのばら』の連載が始まり、もう私の人生は『ベルばら』無くして語れないほどになりました。

当時は少女マンガの隆盛期。『ポーの一族』『ガラスの仮面』『アラベスク』など、少女マンガの金字塔とも言うべき作品が次々に登場しました。私は今ではすっかり〝あれがネーゼ〟ばかりで固有名詞の記憶は全滅ですが、それでも『ファラオの墓』の登場人物、アンケスエン、ナイルキア、スネフェル等をしっかり覚えています。大学に入ると『エロイカより愛をこめて』も座右の書になりました。以前「あなたの人生にもっとも大きな影響を与えた本を三冊上げて下さい」というアンケートに、『ベルサイユのばら』『ポーの一族』『エロイカより愛をこめて』と回答したら、「マンガはやめて下さい」と言われてムッとしたことがあります。

さて、マンガに夢中になっていた小学生時代、私の知らないところで我が家は大きな危機に直面していたのでした。

　昭和三十年代からずっと工場の経営は順調で、注文は増える一方で生産量も上がっていました。私が小学校五年の初夏、家と工場と従業員寮をすべて新築する計画がまとまり、解体工事に伴って一家は同じ町内の貸家に引っ越しました。その年の秋、父は業界の団体旅行でヨーロッパに十日ほど旅行し、お土産を一杯買ってきてくれました。あの頃が、おそらく我が家の一番恵まれた時代だったと思います。

　ところが翌年、急に問屋からの注文が途絶えました。東京と大阪、二軒の問屋に鋏を卸していたのですが、同時に注文が来なくなったのです。原因は長髪の流行でした。ビートルズが若者文化に旋風を巻き起こした結果、襟足を刈る七三分けは流行らなくなっていました。「剪刀齋の鋏で刈ると襟足が銀色に光る」と言われていた我が家の鋏は、その分値段も高く扱いにも高度な技術が要求されたのですが、長髪全盛の世の中では、もはや無用の長物でした。

　注文がないということは収入が途絶えるということです。父は蓄えを崩しながら従

業員に給料を支払い、新しい卸し先を必死に探しました。　母も貯金を下ろして生活費に充て、自分に出来る仕事はないか、模索していました。

私と次兄が我が家の現状を知らされたのは二人が中学生の時です。

その時、母は言いました。「でも、どんなことがあっても二人とも大学まで出してあげるからね」。そして当時すでに独立していた長兄が「いざとなったら俺は会社を辞めて道路工事の日雇いをやる。二人が大学を卒業するまで合わせて六年間、まだ若くて体力があるから大丈夫だ」と言ってくれたと付け加えました。

母にしてみれば悲壮な決意で告白したのですが、私も次兄もことの深刻さを理解していたとは言えません。次兄は昆虫少年で、人間界のことにはまったく興味のない性格でしたし、私はマンガばかり読んでいたので「カッコ良い、マンガみたい！」と思ったのでした。そんな状況下にありながら、我が家が暗く重苦しい雰囲気に包まれていたかと言えば、そうでもありません。母は浅はかなほど楽天的な性格で、物事を深く考えないのですが、それが功を奏してつまらない出来事に笑いの絶えない生活を送っていました。　私自身、箸が転んでもおかしい年頃だったのです。

当時読んだ安岡章太郎のエッセイの「戦前読んだ永井荷風の小説は伏せ字だらけで『〇〇まで脱がして……』となっていた。〇〇は腰巻きに違いないと思うと鼻血が出るほど興奮した。戦後、伏せ字の取れたその小説を開いたら『足袋まで脱がして』とあった。足袋ごときであんなに興奮したかと思うと情けない」という記述に「まあ、足袋まで伏せ字なんて」と思って母に聞くと、「そうよ。戦前はわいせつと社会主義は御法度でね。男女二人の場面じゃ"屏風""布団""枕"なんかみんな伏せ字だったんだから」、「それじゃ『枕草子』は『〇草子』だったの?」、「あれは別よ。でもね……」。

そこで母は得意そうに鼻をうごめかせて言ったものです。「"枕草子"には別の意味があって、所謂春本の隠語なのよ。本屋さんで大っぴらに春本くれって言えないでしょ」、「でも私、本屋で『枕草子』下さいって言ってエロ本出されたことなんか無いわよ」、「それはあんたが女子高生だからよ。うちのパパみたいな嫌らしい中年男が『君、どうかね? 最近"枕草子"の良いの、入ってない?』なんて聞くと『へへへ。旦那、すごいのがありますよ』って、奥から出してくるのよ」、「へええ〜」。

こんなアホな会話に明け暮れる日々でしたが、突然無収入になったショックと、仕事が無くても従業員に給料を払い続けなくてはならない苦労は、母の身体に重いダメージを与えていました。それまで上が一〇〇前後の低血圧だったのが、突然一八〇を超える高血圧に変わってしまったのです。本態性高血圧と呼ばれる症状で、簡単に言うと原因不明です。血圧降下剤を飲み、減塩食を食べて養生するしか、当時の医学では手の施しようがありませんでした。

母はその後、東洋医学の施療を受けて、何とか回復にこぎ着けましたが、六十を過ぎてからは血圧降下剤を服用するようになり、晩年まで服用を続けました。

私が高校を卒業するまでに、沈みかけた船からネズミが逃げ出すように、従業員はどんどん辞めてゆき、最後は父と祖父、従業員三人だけになりました。幸い新しい取引先も見つかり、その後も何とか工場を続けていくことが出来ました。

母は働き口を探していましたが、何の資格もない四十過ぎの専業主婦に出来る仕事は限られています。結局、当時、千葉県の西船橋で薬局を開業していた叔父と組んで、ダイエット教室を始めることになりました。自分自身が四十歳の頃ダイエットのため

に和田研究所に通った経験と、その時興味を持ってダイエットについてあれこれ調べた知識に加え、薬剤師の叔父が漢方その他の知識を導入して、指導に当たりました。結果は上々で、一時はかなりの盛況でした。私が大学を卒業する直前まで経営は続いていたと思います。

私は小学校と中学校は地元の区立の学校へ行き、高校は都立に進学しました。まだ「お受験」という言葉もない時代で、地元の中学へ進学せず、私立の学校を受験したのは全校でほんの数人でした。高校受験になると、優秀な生徒は有名私立高を受験したようです。

当時の都立高校は学校群という制度を採用していて、墨田区・江東区・葛飾区・江戸川区を合わせて第六学区とし、その中にある都立高校をランク別に三校一組のグループにまとめ、そのグループの試験に合格すると三校の中の一校に振り当てられるという方式でした。だから特定の高校を受験することは出来ません。私が試験を受けたのは両国・隅田川・小松川の三校がセットになった六十一群というグループです。

合格発表の日、私は愚かにも受験番号を間違えて小松川高校に合格したと思い込み、受付に行ったら「山口さん？　名前ありませんよ」——唖然茫然。「ちょっと、受験票見せて。……おたく、両国高校だから。間違えないようにね」と、係の人に呆れられましたっけ。

「まったく、もう、おっちょこちょいなんだから。気を付けてよ」

付き添いの母は、しっかり者ならぬウッカリ者の自分の遺伝子を棚に上げて私を叱りました。手続きを終えたあと、錦糸町駅ビルのレストランで食べた鱈のステーキとマッシュポテトの美味しかったことは、今も忘れられません。

✎ いじめから得た教訓三原則

両国高校で過ごした三年間は、人生で一番幸せな時間でした。親しい友人も出来ましたし、初恋もありました。ことに二年生のクラスは男女とも非常に仲が良くて、夏

休みに生徒同士二十四名で伊豆へ旅行に行ったくらいです。両国高校の同窓生とは今も親しく付き合っている人が何人もいます。もはやお互い還暦になったというのに、学生時代の友人というのは不思議なもので、会って話せばすぐに十七歳に戻れるのです。

これは松本清張賞を受賞して初めて知ったことですが、石田衣良さんは小学校・中学校・高校を通して、ずっと一学年下にいらっしゃったそうです。お互いまるで面識がないのにびっくりです。まあ、小・中・高共に全校生徒千人近い人数がいたのですから、学年が違うと同じ部活動でもやっていない限り、面識がないのは当然かもしれませんが。

実は小学校・中学校と、私はいじめに遭っていました。

小学生の時の原因は牛乳です。私は白いままの牛乳が飲めません。カフェ・オレやミルクココアは大好き、アイスクリームもソフトクリームもクリーム煮もグラタンも全部好きなので、アレルギーではありませんが、とにかく白い牛乳をそのまま飲むと

吐いてしまうのです。赤ん坊の頃は問題なかったので、幼児期に嗜好が変わったのでしょう。

私が小学生当時、まだまだ先生の権威は強く、子供の人権は軽く見られていました。給食が食べられない子は「ワガママ」なのでみんなが帰った後も教室に残されました。終業の四時まで残されて、最後は水飲み場で無理矢理飲まされるので盛大に吐いていました。これが例えば「筍が食べられない」とか「バナナが嫌い」であったら、せいぜい月に一度、あるいは二～三ヶ月に一度残される程度ですんだはずですが、牛乳は給食に付きものなので毎日残されるのです。同級生も毎日居残りさせられる私を「変な奴」「ダメな奴」と白い目で見るようになりました。

小学校一年生の女の子が毎日四時過ぎまで学校に残されるので、母も担任に抗議しました。しかし「給食も教育の一環」「ワガママは認められない」の一点張りで埒が明きません。母も「あんなのに何を言っても無駄」と匙を投げてしまいました。この時の教訓で、私は「負ける喧嘩はしない」「勝てない相手は時期を待って仕留める」「絶対に勝てない相手は味方につける」の三原則を肝に銘じました。こちらの主張を

97 　第二章　お見合い四十三連敗

相手に認めさせる力がないなら、抗議なんかしない方がましです。風当たりが強くなるだけですから。

二年生になると担任は産休に入り、代わりに大久保先生という、子供の目からは初老の男性教師が代理で赴任しました。大久保先生は「コーヒーやココアを入れれば飲めるなら、持ってきてかまいません」と仰いました。教師の決断一つで生徒の学校生活は地獄から天国へと変わるのだと、しみじみ感じたものです。

つかの間の幸せも担任が産休が明けて戻ってきたら「特別扱いは認められない」と元の木阿弥に戻りました。小学校時代、私のクラスだけは何故か一年ごとに担任が替わりましたが、六年生の担任になった田代先生は「飲めないものは無理に飲まなくても良いよ」と仰って下さり、これでようやく五年間続いた地獄から解放されたのでした。

今、小学校ではアレルギーなどの理由が無くても、嫌いなものは無理に食べなくても良いという方針だそうです。私はそれで良いと思います。本来、食事のマナーや習慣は家庭で教育すべきものです。食事中に騒いだりして周囲に迷惑をかけない限り、

学校は放っておくべきでしょう。特に子供は成長過程で差があって、小食の子もいれば大食の子もいます。規定の分量が食べられないからといって居残りまでさせて食べさせるのは、教育ではなくてただのパワハラです。

中学校は、私が入学した年から給食室が建設され、弁当を廃止して給食制になりました。ただ、幸いなことに「何を食べて何を食べないかは自己責任で、学校は関知しない」という方針でしたので、もう牛乳で苦労することはありませんでした。

それでは何故いじめに遭ったかというと、原因はやはり私の性格でしょう。私は今でも思ったことを正直に言いますが、当時は子供だったせいもあって、正しいと思えば時と場合を考えずに堂々と主張し、周囲の空気を読むとか、人の顔色をうかがうかの配慮を一切しませんでした。そして、まともに反論出来ない相手に対する軽蔑を隠しませんでした。それが男子生徒の反発を買ったようです。

まともに反論できない時に、大人も子供もやることは同じで、数を頼んで攻撃します。一対三くらいならまだしも、一対二十三では勝負になりません。泣くような性格なら事態は変わったかも知れませんが、私はますます義憤に燃え、ホームルームや弁

論大会など公共の場で、徹底的に男子生徒の卑怯な振る舞いを非難攻撃しました。

結果、仕返しは二十三倍返しでした。

いじめの標的にされて楽しいはずはありません。毎日この上もなく不愉快でした。

しかし、私にはこの学校を卒業したら、おそらく彼らとは一生付き合わないだろうという自覚がありました。だから一刻も早く卒業したい、この学校を出て行きたいと願っていましたが、自殺しようなどとは夢にも思いませんでした。

今、事件になったいじめのニュースなどを見ると、あれはいじめなどではなく、もう立派な犯罪です。「いじめられている子は、いじめられているのが恥ずかしいので親にも相談出来ない」と聞きますが、脅迫・窃盗・傷害の被害に遭っている時に、そんな悠長なことを言っていたら殺される危険があるのです。すぐに親に相談して欲しいです。親が頼りにならない子供は警察の生活安全課に駆け込んでください。彼らは犯罪事件の専門家ですから、必ず救ってくれます。

ちなみに、学校は勉強を教える場であるにもかかわらず、学校の先生は授業の他に膨大な雑務を抱えて忙殺されています。だから先生に相談するのは気の毒だと思いま

す。世界一の教育大国フィンランドでは、公立学校の先生は日本の塾講師と同じく、授業以外のことには一切関知する義務がありません。進路相談は家庭、部活動は地域のクラブ、心の闇は心理カウンセラー、いじめ問題は警察と、分業体制が確立しているそうで、うらやましい限りです。日本も早く体制を転換しないと、公教育は破綻してしまうのではないかと心配でなりません。

十五年続いた片思いの初恋

さて、高校入試に出た国語の問題「マンガについて書きなさい」の解答として、「私は将来マンガ家になりたい」と書いたように、当然マンガ家志望でした。しかし、高校二年の夏から突然ハードロックに夢中になってしまいます。それはその年の夏休み、バンド練習中の上級生の演奏を聴いて雷に打たれたようにしびれてしまったからです。

私は小学生時代から声が良くて歌の上手い歌手が好きだったので、声が悪くて歌の下手なロックにはまったく興味がありませんでした。ところがそのバンドのヴォーカリストHさんは超の付く美声で、歌も上手でした。音楽的な感動と初恋が手を携えてやって来て、私は完全に目がハート、毎日夢見心地に過ごしました。

私がHさんを好きなことはクラスの女子は全員知っていたので、みんな次々にご注進してくれました。「Hさんが階段教室の前にいた」と聞けば外へ飛び出し、「ああ、ここにHさんがいたのね」と、思い切り同じ空気を吸い込んでうっとりしていました。半年間毎日深呼吸をしていたので、庭にいた」と聞けば休み時間に急行し、「校翌年の健康診断では肺活量が上がっていたほどです。

Hさんはなかなかの秀才でもあり、外語大を卒業して都立高校の英語教師に内定していたのですが、直前に「VOWWOW」というプロのロックバンドのヴォーカリストになりました。VOWWOWは後にイギリスに渡って活躍し、メジャーレーベルからデビューも果たしましたが、アメリカ進出を目前に間もなくバンドは解散し、Hさんは某県立高校の英語教師に復帰しました。教師になってからも年二回、夏と冬には

ライブハウスでコンサートを開いていたので、私も高校時代の同級生と随分通いました。

私の初恋は片思いが災いしたのか、十五年も続いてしまい、完全に終わったのは三十二歳の時。酔っぱらうと冗談で「私の青春を返して！」と言ったりしますが、ちょっぴり本音も混じっています。

そんなわけで、Hさんに恋をした私の目標は「ロック雑誌の編集者」に変わりました。音痴で楽器も弾けないので音楽面で協力することは不可能ですが、文筆を活かして後方支援が出来たらいいな……と甘いことを考えていたのです。しかし、各雑誌の求人倍率の高さを知り、こりゃアカンと諦めました。

大学は早稲田大学の文学部に入学しましたが、元々何か目標があったわけではないので、半年もすると大学へ行くのがいやになってしまいました。

そんな私がはまったのが映画です。大学のある地下鉄・東西線沿線には高田馬場に「早稲田松竹」と「パール座」、飯田橋に「佳作座」と「ギンレイホール」という名画座がありました。

封切りから半年ほど過ぎた映画を二本立て三百円（途中で五百円に

値上がり）で観られる格安映画館です。元々子供の頃から『日曜洋画劇場』を観て育った映画好きなので、これはもう、虎を野に放ったようなものでした。早稲田駅で下車することはほとんど無くなり、二つ手前の飯田橋か一つ先の高田馬場で下車しては名画座に通い詰め、時には二軒ハシゴするほど入り浸りました。

二年生のある日、ふと思い立って学校に行ってみたら、期末試験が全部終了していました。つまり、私は落第する羽目になったのです。親が無理をして入学金を算段してくれたというのに、どうしてこんないい加減なことが出来たのか、今思えば申し訳ない気持ちで一杯ですが、当時は何故か世をすねていて「おまえらに出来るのは長生きだけだ！」と『麻雀放浪記』の捨てゼリフを心の中で吐いていたのでした。

しかしそれから一年、再びムクムクとマンガへの夢が頭をもたげてきました。やっぱりマンガしかない！　私はまたマンガを描き始めました。

当初の目論見では、在学中に新人賞を取って少女漫画界にデビューするつもりでした。しかし、現実はそう甘くありません。二度、三度と賞に応募しても、かすりもしませんでした。そのうちに卒業がどんどん近づいてきます。私は面白い話を描いつ

もりなので、自分ではどうしてダメなのか分かりません。思いあまって編集者に原稿を読んでもらうことにしました。

当時『少女フレンド』『マーガレット』を読んで育った大人向けに、女性漫画誌が創刊され始めていました。私は『YOU』という雑誌の副編集長に原稿を読んでいただけることになりました。

「話は面白いから原作者としてはやっていけるかも知れないけど、マンガ家としては無理。肝心の絵がこんなに下手じゃ、話にならない」というご意見でした。「それでは、少女マンガの原作を書いて生活していくことは可能ですか?」、「少年マンガは分業だから原作者の活躍する余地はあるけど、少女マンガは家内工業で、マンガ家さんが話も絵も自分でやっちゃうのがほとんどなんで、難しいねえ」。

私はなおも食い下がりました。「それでは、私が今から絵の学校に行って基礎から勉強し直して、きちんと絵が描けるようになったら、少女マンガ家としてデビュー出来ますか?」

すると副編集長は哀れむように言ったものです。

「少女マンガの世界っていうのは、二十歳を過ぎたらもうおばさんです。あなたはすでにおばさんで、これから絵の学校を卒業する頃には完全なお婆さんです。我々が求めているのは少女の感性なんですよ。十五、六歳で絵の上手い子がいたら、それが理想です。編集者はお話はいくらでも助けてあげられるけど、絵は助けてあげられませんからね」

そしてとどめのひと言。「諦めて、ちゃんとした仕事を探した方が良いですよ」

ここまではっきり言われたのに、私は少しもめげていませんでした。このバカ、と言いそうになったほどです。私が少女マンガに惹かれたのは、絵の美しさもさることながら、華麗な、あるいは幻想的な、息もつかせぬストーリーの面白さに魅了されたからです。少女の感性の豊かさが年齢の若さに比例するとは限りません。現に、当時第一線で活躍していた少女マンガ家はすべて私より年上でした。

私は家に帰って母に「こうだった」と結果を報告しました。

普通の親なら「ほらね。だからマンガなんて夢みたいなこと言ってないで、ちゃんと就職することを考えなさいよ」と言うはずです。しかし、母は言いました。「そい

つはバカだ。あんたの才能を分かっていない」と。

母が世間並みの賢い母親だったら、多分私は「物語を書く」という夢を、人生の何処かの地点で諦めていたかも知れません。書き続けていられたとしても、母との関係は今のように親密なものではなかったでしょう。

「あなたが自分で才能がないと思って諦めるなら良いけど、適齢期を過ぎちゃうとか、誰それさんは大企業に就職しているとか、世間体を気にして自分の意に反した理由で諦めると、一生後悔するわよ」

それが声楽家の夢を諦めた母の、実体験に即したアドバイスでした。もし松本清張賞を受賞することがなかったら「この一言が娘の人生を狂わせた」となりかねませんが、後の人生がどうであろうと、私はこの時の母の言葉にいつも感謝しています。

マンガばかり描いていて就職活動をまるでしなかった私に、まともな就職先などあるはずがありません。親戚の世話で、宝石と毛皮の輸入販売をしている小さな会社に

やっと就職出来ました。仕事はその会社が経営する店の販売員、ただの店員です。給料をもらって働く以上、上司の言いつけ通り仕事は真面目にやりました。でも私の中には、これはマンガ家デビューするまでの腰掛けだという思いが強くて、将来を託す気持ちはまったくありませんでした。

その会社は三年足らずで倒産したのですが、マンガ家デビューばかり考えていた私には、まるで他人事（ひとごと）のように思われました。次は派遣会社を紹介され、同じ宝石販売の仕事をすることになりました。派遣でも専門分野が多少有利ではないかという理由で、それからはずっと宝飾関係の仕事を選んで続けたのでした。

派遣店員として様々な店で働きましたが、表参道にあるPという店はとても印象に残っています。その店は店長と店員五人が働いていましたが、何故か私以外の店員はモデルクラブに所属するナレーター・コンパニオンの美女ばかりでした。私は前年に宝石鑑定士の資格を取っていたので、それが理由で派遣されたようです。

表参道は、東京の西側にあまり足を踏み入れたことのない私には、別世界のような土地柄でした。外国人の姿も珍しくなく、街を歩いていると芸能人やモデルらしい九

頭身の女性をよく見かけました。昼休みにとあるカフェに入ったら、お客さんが全員モデルさんで、一人だけ宇宙人になったような気がしたものです。

私がその店で働いたのは二十九歳から足かけ二年間。時代はバブルの真っ盛りです。若いサラリーマンがアルマーニの背広を着て、クリスマスが近づくと三越のティファニー前にはオープンハートのペンダントを買い求めるお兄ちゃんたちが列をなし、イヴの翌朝はシティホテルのロビーが若いカップルで溢れ返りました。高級レストランで土地成金のおっさんが若い女子大生を侍らせる光景も珍しくありませんでした。

Pにはお客さん以外に美女目当てのおじさんたちもやってきました。多くはPのオーナーの知己であったようです。まずはプレゼントで気を惹いて食事に……という手順でしたが、そのプレゼントがハンパじゃない。エルメスのスカーフだのカルティエの三連リングだのが当たり前のように届くのです。当時私が男性にいただいた最高額商品はとらやの羊羹だったので、これはもう生きる世界が違うんだと痛感しました。

一方の私はノーブランドの並肉で、そのままでは不味くて食べられて十分美味しい。一方の私はノーブランドの並肉で、そのままでは不味くて食べられ肉にたとえるなら彼女たちは松阪牛。何も手をかける必要もなく、刺身で出したっ

ないから、じっくり煮込んで肉じゃがにするとか、野菜と妙めてスパイスを利かせるとか、自分なりの創意工夫でセールスポイントを磨かないと、とても人前に出せる料理にはならないんだなあ……と、しっかり自分に言い聞かせましたね。

その時冷静に自分のプラスとマイナスを分析したことで、その後の私の武器が決まりました。自分の最大のセールスポイントは多分「面白さ」に違いない。だったら、それを伸ばして行こうと。松本清張賞受賞以後、コラム執筆の依頼が来たり、テレビや新聞・雑誌でコメントを求められたりしたのは「面白い人」だったからでしょう。

さて、美女たちはおじさんの不倫相手になる気はさらさらありませんでしたが、プレゼントは断りたくなかった。だからお誘いがくると必ず「山口さんも一緒に行きましょうよ〜」と頼まれました。こっちはお邪魔虫なのが分かっているので気が進みませんでしたが、一緒に働いている仲間の頼みを無下に断るのも角が立つので、お供でくっついていきました。帝国ホテルの高級寿司屋さんへ行った時のこと。席に着くなり、美女が「私、生ものダメなの」と……。そんなら先に言えよと思うのですが、おじさんは目尻を下げたまま「そう、○○ちゃんはお寿司ダメだったんだあ。じゃあ、

フレンチが良いかなあ?」。部下にはいつも横柄で尊大な態度を取っているくせに、自分の娘と同じ年くらいの若い女に鼻毛を抜かれてヘラヘラしているそのおじさんの姿に、耐え難いほどの嫌悪と軽蔑を感じて、一つひっぱたいてやりたいと思ったものです。

その店で体験した忘れがたい出来事がもう一つあります。

広告を見て来店した奥さま二人連れのお一人が、パールのネックレスを試着しました。色の白いその奥さまにピンク系の真珠は良く映えて、購入決定。するとお連れの奥さまも女心を刺激されて同じネックレスを試着しました。ところがその奥さまは浅黒い肌の持ち主でした。どういうものか、肌も真珠もひどく薄汚れて見えてしまったのです。奥さまが心証を害しているのが良く分かるので「どうしよう!?」と思った時、店長が「こちらのお品は如何ですか?」と、別のネックレスを勧めました。粒の大きさは同じで、色が少し黄色っぽい真珠のネックレスでした。ゴールデン・パールのような高級品ではなく、ピンク系より格下の色目です。ところがそれを試着したら、あら不思議。小麦色の肌と黄色っぽい真珠は、お互いを引き立て合って、肌も真珠も輝

くように美しく見えるのです。もちろん、奥さまはご機嫌で購入されました。

それは所謂カラーリングの妙でした。その魔術のように鮮やかな効果を生まれて初めて目にした瞬間で、今もあの驚きを覚えています。これは宝石だけでなく、洋服や小物を選ぶ時も同じ効果があるのでしょう。だから着る物の色合わせは特に気を遣っています。

このように派遣店員として働きつつも、私の目標はただ一つ、少女マンガ家になることでした。

しかし、いつも心に少女マンガを思っていても、社会に出て働くようになると長い休みは取れません。私の書いていた劇画調のマンガは描くのに時間もかかるし、道具を広げるのにも場所も必要で、仕事をしながら描くのが億劫になってきました。そしてしばらく描かずにいて、一念発起して描き始めると絵が下手になっているのです。マンガも小説もスポーツや楽器と同じで、ブランクがあると技量が落ちるのです。もうがっかりして意気消沈し、またしばらくマンガから遠ざかります。そんなことを繰り返す

うちに、何年も過ぎてしまいました。

三十三歳、お見合いスタート

あれは派遣と派遣の切れ目で、家でブラブラしていた時のことです。父が私を見て不審そうに尋ねました。

「そう言えば、おまえ、もう大学は卒業したんだよな?」

何故こんな間抜けなことを言ったかというと、父は芸者さんは好きだったくせに自分の娘にはまるで関心がなく、すべて母に任せておけば何とかなるだろうという安易な考えだったからです。

「あったり前でしょ。今年、三十三よ」

さすがにこれには愕然として、母の元へ飛んでいきました。「どうすんだ? あいつ、売れ残ってるぞ」、「しょうがないでしょ。本人が結婚したくないって言ってるん

だから」、「バカ！　女の結婚しないと、男の浮気しないは、当てにならん！」。

このようなわけで私はお見合いをすることになりました。父は見合いしたら一万円、次のデートにこぎ着けたらさらに一万円やると約束しました。失業者にとって二万円はデカイ。これは一稼ぎするしかないと、私もやる気を出したのです。

母の女学校時代の友人に所謂仲人おばさんがいて、お見合いの世話をしてくれました。その方のアドバイスでまず見合い写真の撮影です。

今は昔と違って、立派な額縁に入った大きな写真は流行りません。郵送に便利なように普通のスナップ写真が主流です。私も「ここで撮れば決まる」と評判の写真屋さんに安田庭園で撮ってもらいました。私はワンピース姿でしたが、中には着替えを持参して、夏・冬二通りの写真を撮る人もいるそうです。さすがに評判に偽りはなく、誰が見ても私とは分からないような写真が出来上がりました。この写真のお陰で四十三回も見合いすることが出来たのです。全部失敗してしまったので、自慢になりませんが。

お見合いは、私の方は母と世話人の方と三人で席に臨みました。男性の方は本人と

世話人の二人でいらっしゃる場合が多く、お母さまが同席なさることはほとんどあり
ませんでした。

そして大切な謝礼のお話です。当時、母は自分の側と相手側、二人の世話人さんに
一万円ずつ謝礼をお出ししていました。相手側にも謝礼を出すのは「また良い方があ
ったら紹介して下さいね」という含みです。当然、謝礼と一緒にこちらの連絡先など
もお渡しします。そうしてお見合いを重ねる度にネットワークが広がって行く仕組み
です。やがて「Aさんの持ち駒は大した人がいない。Bさんは結構良い手駒を持って
いる」と、世話人さんのランクも分かってきます。どの世話人さんも口を揃えて仰っ
ていたことは「決まる話は早い」。結婚が決まるカップルは、見合い後早々に互いに
結婚を意識するようになり、大体三月後には婚約するそうです。一方、三ヶ月以上交
際してもそれ以上進展しないカップルは成立しない、とのことでした。

最初のお見合いに私は紺のスーツで臨んだのですが、後で相手側の世話人さんから
電話が掛かってきて「お嬢さんはもうお年でいらっしゃいますからね。黒・紺・茶
色・グレーは避けた方がよろしいですよ、老けて見えますから。明るい色のお洋服を

お召しになって下さい」。

当時、私は宝飾店勤務の関係もあって、黒・紺・茶色・グレー以外の色の洋服を持っていませんでした。仕方なく母とデパートのバーゲン会場に行って、見合い用の服を買いました。それはどう見てもデパートのエレベーターガールの制服のようで、何故にこんな物を着なくちゃならないのか疑問でしたが、とりあえず世話人の言うことは絶対でした。

この世話人さんたちもなかなか個性的な方が多かったですね。豊富な経験に培われた観察眼の鋭さに驚かされたことも何度かありました。

最初の年、Yさんという方のお世話で四番目のお見合いをした時のことです。相手の男性は色白小太りの中年で、コンピューター関連の会社経営者でした。最初の紹介が終わり、いざ二人で食事にという時、さり気なく背中に手を回したのです。それはとてもスマートな仕種でしたが、容姿とのミスマッチに、私の心には「？」が湧きました。

帰宅すると母は「あの人はやめた方が良いと思う。どうも、女癖が悪そうな気がす

る」と言います。実は私も同じことを考えていました。そこへYさんから電話があって「私の四十年の仲人人生を懸けて言うけど、あの人はやめた方が良いです。見かけに似合わぬすごい女たらしで、お嬢さんは苦労しますよ」。

年齢の違う三人の女が、初対面の男に同じ印象を持ったわけです。しかも母とYさんは一時間ほどしか会っていないのに。人間の直感力は馬鹿に出来ないと思いました。そして、似たようなことがもう一度ありました。相手はバツイチの医者で、母も世話人Oさんも「あれは女たらしどころじゃなくて、現在愛人がいると思う。トラブルの元だから関わらない方が良い」と口を揃えたのです。真相は不明ですが、私は母と世話人の直感力を信じています。

見合い相手は忘れたのにいまだに忘れられない世話人がNさんです。お医者さんの奥さまで、料理の名人でした。一度午餐会に招待されたのですが、私は生涯食べた御馳走のうちで、Nさん宅で御馳走になったこの日の料理ほどの御馳走を食べたことはありません。

一週間かけて戻したフカヒレの姿煮、自家製スモークサーモン、二度漉ししたクリ

ームソースで煮た鮑、とろけるようなローストビーフ（何とそれ用に焼いた特注の皿に載って出て来た）、松茸ご飯と松茸のお吸い物、デザートはフランス直輸入の小麦粉を使ったショートケーキとお取り寄せのオレンジで作ったゼリー……。家庭なので和・洋・中の御馳走が一堂に会するのです。

私はそのお見合いは断ったのですが、Nさんとのご縁は切りたくない。いっそのこと家政婦に雇ってくれないかと、真剣に悩みましたね。

全敗者が説く「お見合い必勝法」

お見合いを始めた頃、私は長い初恋が終わり、少し真剣に自分の将来を考えるようになっていました。私は結婚にはさほど憧れはありませんでしたが、母と仲が良かったので、母と娘の人間関係を母亡き後も続けていきたい、そのためには女の子が欲しいと、漠然とそう思っていました。だから、良い人がいたら結婚したいというのは本

心でした。

しかし、私がお見合いを始めた年齢は三十三歳です。必然的に相手の年齢は四十代半ば以上になります。四十の半ばを過ぎて嫁さんがいないというのは、モテないかバツイチ、あるいは身のほど知らずに選り好みしているか、どれかです。はっきりいって「良い人」なんかいるわけありません。良い人はとっくに結婚していたのです。

「良い人がいたら結婚したい」とは、「恋愛をした上で結婚したい」と言っているのと同じですが、愛する人と出会う確率は宝くじに当たる確率と同じくらい低いのです。特に年齢が高くなればなるほど……。

お見合いを繰り返すうちに、私も段々それが分かってきました。お見合いという出会いから恋愛に発展するようなケースはないだろうと。

それでも少女マンガ家志望だっただけに、何処かで甘い期待をしていたんです。だって四十三回もしたんですから。ちなみに父が二万円くれたのは最初の三回くらいまででした。

最初はやはり気合いが入っていたようで、一年で二十回しました。土・日連チャン

もありましたし、一度は昼夜二部制もやりました。お昼に京王プラザで会ってお茶飲んで四時に失礼。五時に帝国ホテルのロビー集合。それはさすがにヘトヘトに疲れて、以後昼夜二部制は避けました。次の年は十回、その次が五回、それから三、二、一で、四十歳でお見合いはやめました。

結果は全敗。「この人なら良いかな?」と思った相手には断られ、「こりゃアカン」と思った相手からは結婚を申し込まれる。要するに「結婚」という望みは叶わなかったのです。

何事も経験なので、無駄なことをしたとは思っていませんが、お見合いも十回を超えると段々こっちもスレてきて、目つきが遣り手ババアに近くなります。一目で相手を値踏みするのですね。人相とか着る物、持ち物など。気が付けば向こうもこっちを遣り手ババアのように見ていて、笑いそうになりました。その時はさすがに虚しさを感じましたが。

さて、最初の年のお見合いが全敗だったので、翌年、母は私を厳しく訓戒しました。
「いい、よく聞きなさいよ。あんたみたいな口の減らない女は一番男に嫌われるタイ

プで、普通にしてたら夏の火鉢、手工出す奴は誰もいないからね」

そして『桃太郎侍』の数え歌のような「お見合い必勝法」を伝授したのです。

「一つ、会話のイニシアチブを取らない」

男というのはどんなバカでも自惚れが強いから、会話の主導権を女に握られるとプライドが傷つく。だから決して自分から話題を振ってはならない。相手の言うことをよく聞いて、相槌に専念するべし。

「二つ、根問いをしない」

人間誰しも常に論理的・体系的に物事を考えているわけではないので「それは何故ですか?」「ではこういう場合はどうですか?」と深く突っ込まれると、しどろもどろになってまとまる話もまとまらなくなる。ソクラテスはそれで死刑になってしまった。だから相手の言うことを深く追及してはならない。

「三つ、常に笑顔で同調すべし」

男というのはバカでスケベだから、女が自分を見てにっこり微笑むと、それだけで好意を持っていると勘違いする。だから相手が何か言ったら、必ず目を見てにっこり

微笑んで「そうですね」と言うべし。

シビアな言い方をすると、一時的に男をだまそうと思ったら、この方法は効果があります。でも、こんなこと一生続けていくわけにはいきませんよね。途中でボロが出て化けの皮が剥がれたら、お互い気まずい思いをすることになります。結婚は一生続きます。少なくとも続くように願って結婚するわけです。だからなるべく自分本来の姿のままいられる相手、それで一緒にいて上手くやっていける相手を見つけるのが大切です。

それでは私が、自慢にならない体験から「お見合いで結婚して幸せになる」心構えを伝授したいと思います。それにはまず強い決意が必要です。「どうしても年内に結婚するのよ。旧姓山口ですって、みんなに言ってやるのよ！」これくらいの意気込みで臨んでいただきたいです。そうすれば、妥協することが出来ます。

「背が高くてハンサムでお金持ちで優しくて学歴が良くて頭が良くて一流企業に勤めていてご両親の介護をする必要が無くて、そんでもって私を世界一愛してくれる人！」に巡り会える可能性はありません。その条件から何を選んで何を捨てるか、決

断が必要です。「バカは絶対にいや！」とか「毎朝醜い顔は見たくないから、ハンサ
ムだけは譲れない！」とか「私も一人娘で両親を介護しなくちゃならないから、夫の
両親の介護は出来ない！」とか、最優先事項を決めます。後は残りの条件を冷静に取
捨選択して下さい。今の自分に相応しい伴侶とは誰か、どの程度の条件が望めるか、
はっきり見えてくると思います。

そして自戒を込めて言わせていただきますが、結婚の幸せは独身時代の幸せの上に
継ぎ足すものではなく、独身時代の幸せはご破算にして、ゼロから新たに積み上げて
行くものです。実家の居心地の良さに甘えているうちに、両親も年を取り、いつしか
ぬるま湯のような幸せも冷えてしまいます。そのことだけは覚悟して下さい。

私がお見合いした相手はほぼ全員、四十半ばで独身男。まともな人もいましたが、
やっぱり変という人も大勢おりました。阿川佐和子さんに『お見合い放浪記』という
作品がありますが、阿川さんのお見合いが国技館の取組なら、私のお見合いは場外乱
闘みたいなものでした。私が書くのはきっと、『お見合い放浪記／人外魔境編』にな
るでしょう。

せっかく（？）なので、特に印象に残っている方たちをご紹介いたしましょう。

1. 毛虫男

この方はお見合い放浪記の終わりの方、四十一、二番目にお会いした方です。仮にAさんとしておきましょう。私は母と世話人さんの三人、Aさんはお一人で待ち合わせ場所にやってきました。八月の炎天下、新宿西口の高層ビル内の喫茶店で小一時間ほど過ごした後、私はAさんと外へ。何処かの建物に入るのかと思ったら、行く先は新宿中央公園でした。「ここに座りましょう」と木の下のベンチを勧めるAさん。

繰り返しますが八月の炎天下です。目の前にはハイアットリージェンシーホテルが見えています。そしてベンチの周囲にはホームレスのおじさんが二、三人寝ているのです。嫌々ながら、でも仕方なく、Aさんと並んでベンチに腰を下ろしました。

するといきなり、スカートの上に毛虫が落ちてきたのです！ 思わず「ギャッ」と叫んで飛び上がる私。何故か脱兎のごとく逃げ出すAさん。じっと毛虫を睨む私。そして「素手で取るのは気持ち悪いから、小枝か何か探して取ろう」と、地面に目を転

じて小枝を探していると、ホームレスのおじさんが近づいてきて、毛虫を取ってくれたではありませんか。「あ、どうもすみません」……そこへやっと小枝を手に戻ってきたAさん。

どうして見合い相手が逃げ出して、ホームレスのおじさんが親切に毛虫を取ってくれるのか、私は理解に苦しみ、まじまじとAさんの顔を見つめました。するとAさんは何を思ったか聞きました。「毛虫、嫌いなんですか?」、「はい。大嫌いです。あなたは好きですか?」、Aさんは照れくさそうに答えました。「大きな声出すから……」。

「てめえの膝に落っこちてきたわけでもないのに、脱兎のごとく逃げ出したのは、何処のどいつだッ!?」、怒鳴りそうになるのをやっと堪える私。「じゃ、行きましょうか」、歩き出すAさん。今度こそ何処か冷房の効いた建物に入るのだと思ったら、別のベンチを指さして「ここにしましょう」。もうこの瞬間、この人とこれ以上一緒にいるのは健康上も精神衛生上も良くないと決断しました。

「すみません。クリーニングに出さないと毛虫のシミが取れないので、これで失礼します」

二人になってからわずか二十分足らず。お見合い時間の最短記録でした。

2. 競歩男

この方はお見合いを始めた翌年、二十何番目かにお会いした方です。某県の大手食品メーカーの息子さんで、珍しくお見合いの席にお母さまが同行してきました。お母さまは豪傑笑いをする女丈夫で、ご本人は母親に精気を吸い取られたような感じの方でした。仮にBさんとしておきましょう。お母さまはひたすら会社の自慢をしては豪快に笑い、Bさんはただ黙って俯いていました。

「こいつ、いい年してキンタマ付いてんの？」私がそう思ってジロジロ見ていると、横にいた母が私の足を蹴りました。

二時間ほどお母さまの豪傑笑いを拝聴した後、二人で外へ。Bさんは散歩と宇宙とインド哲学がご趣味とのことでした。

それは良いけど会ったのが新宿の喫茶店で、それから二人で新宿御苑から代々木公園まで、延々歩き通し！ 私は競歩の選手じゃない！ しかもお見合いだから勝負服

のスーツとピンヒールですよ。途中で死にそうになりました。やっと明治神宮にほど近いとある喫茶店で小休止。やれやれアイス・カフェオレとケーキでも……と思ったら、メニューにない。そこは自然食品専門のお店で、ハーブティーとドライフルーツとナッツ類しかないのでした。私は「とっとこハム太郎」じゃない！ ひまわりのタネばっか喰ってられっかよ！

Bさんはこちらの思惑にはまったく無関心で、天体とインド哲学について語っていました。珍しく黙って拝聴する私。もうとっくにこの人はダメだと見切りをつけていましたが、ここまで長い距離を歩かされたんだから、せめて夕飯は豪勢な店に連れて行って欲しいと思っていました。しかし最後までBさんのサプライズは続き、夕飯は何の変哲もない食堂の八百円の定食でした。私はB家がどうして某県きっての財産家になったのか、その秘訣を知ったような気がしました。

翌日、こちらも断りましたがBさんも断ってきました。理由は「僕はもっと若い人と結婚したい」

「バカ野郎が！　履歴書読め！　ちゃんと年齢書いてあるぞ！」

これから一生Bさんと再会することもないでしょうが、もし会ったらそう言ってやりたいです。

3. サーロイン男

この方は三十番目、Bさんと見合いした年の暮れにお目にかかった方です。銀行にお勤めでした。仮にCさんとしておきましょう。

Cさんはお見合いの後、次は正月の二日にお目にかかりたいと連絡をくれました。

「きっと正月歌舞伎の席でも取ってくれたのよ。すごいわね」と母。

当日、待ち合わせの場所に車でやって来たCさん。歌舞伎座モードの私が助手席に乗ると、車は何故か羽田方面へ。着いた所は一面原っぱ。

「ここがベストポジションなんですよ」

Cさんは車を降りて原っぱに立ちました。周囲には数人、同じように突っ立っている人がいます。何が始まるのか……？　その時です。羽田空港を離陸した飛行機が、原っぱの上を飛んで行きました。Cさんも他の見物人も機体を見上げています。双眼

鏡を覗いている人もいました。みなさん、飛行機の離発着を見物に来ていたのです。

しかし、私は飛行機にまったく興味がありません。飛行機を見て喜ぶ幼稚園児でもありません。正月の二日に三十半ばの女が、吹きさらしの原っぱで飛行機の離発着を見せられて喜ぶかどうか、普通に考えれば分かりそうなものです。ましてCさんはすでに五十に近い年齢で、大手銀行の行員です。私が銀行の客ならどうするのか、一瞬考えました。

どのくらいその原っぱにいたのかは覚えていませんが、早めに夕ご飯を食べることになりました。ごく普通のレストランでステーキ定食を注文しました。選んだのは二人ともサーロインでした。ところが食事が始まると、何とCさんは肉から脂身を切り離し、そっくり残しているではありませんか。私が驚くとCさんも普通に食べている私を見て、さも汚（けが）らわしそうに「脂身、食べるんですか？」と言いやがったのです。

「脂身が嫌いなら、ヒレを頼め！」と、喉元まで出かかりました。

余談ですが、私は脂身が大好きです。肉の三分の一は脂身であって欲しいです。鉄板焼き屋さんが肉の脂身をカットするのを見ると、身を切られるように辛いです。思

わず「脂身、落とさないで下さい！」と叫んでしまいます。だって、肉の旨味は脂身にあるんじゃありませんか。マグロの大トロだってサシ入り松阪牛特A5番だって、あれは脂の美味さなんですよ。その脂身を侮辱するなんて、私は身内が恥をかかされた以上に頭に来ました。

まあ、そのような理由でこの話はお断りしたのですが、口惜しいことにそれでは済みませんでした。伊達の薄着で長時間吹きさらしの原っぱにいたせいで、私は膀胱炎（ぼうこうえん）になってしまったのです。一応完治しましたが、その後も数年に一回、寒い季節に膀胱炎がぶり返すことがあります。するとどうしてもあの寒かった原っぱと、脂身を切り離されたサーロインステーキが脳裏に蘇ってくるのです。

4．大好きなTさん

Tさんとお見合いしたのは三十七歳の時だったと思います。ソニーに勤めるエンジニアで、優しそうな丸顔、中庸（ちゅうよう）を得た性格、そして穏やかなユーモア感覚の持ち主でした。

私はTさんとおしゃべりするのが楽しくて好きでした。おしゃべりといっても、私が一方的にしゃべってTさんが上手く相槌を打ってくれていたのですが。何となく、結婚するならこの人だろうと思いました。

これ以上ウマの合う人には出会えないだろう……そう思いました。

それなのに一気に結婚へと突き進まなかったのは、後で詳しく述べますが、その頃私には「脚本家になる」というはっきりした目標が出来て、脚本の前段階の「プロット」（これも後述）の仕事でいくつかのプロダクションからお金をもらえるようになっており、そこに気持ちを惹かれていたのが一つ、もう一つは実家の居心地が良かったので、そのぬるま湯のような幸福を捨ててまで誰かと一緒になって、果たして今まで以上に幸せになれるかどうか不安だったからです。

Tさんとは五〜六回、おしゃべりして食事して別れるという簡単なデートをしたと思います。最後にお目にかかった時は、Tさんの車で横浜に行きました。今はなくなってしまった波の立つプールがあって、そこで泳いで遊んで、夜は中華街でご飯を食べました。非常に楽しかったのですが、この楽しさは何の制約もないからで、これが

結婚したら家のローンとか子供の教育とか、様々な問題に制約を受けて、こんな風に楽しく過ごすことは出来ないだろうな……と思いました。そして、よせばいいのにTさんに言ってしまいました。

「結婚とか抜きにして、これからもたまに会ってお茶を飲んだりご飯を食べたり、気軽にお付き合いすることは出来ないでしょうか?」

おそらくTさんも薄々私の気持ちを察していたのでしょう。哀しそうな顔で答えました。

「僕は結婚したいからお見合いしたのであって、友達が欲しくてお見合いしたんじゃありません。すでにもう四十六歳で、遅すぎて焦っています。あなたに結婚の意思がないのであれば、これ以上会うのは無駄です」

私も、なるほど、それは仕方ないと思って諦めました。

一九九五年、阪神淡路大震災と地下鉄サリン事件の起こった年でした。……あれからもう二十年以上。時の過ぎ行く速さに茫然とする思いです。

132

私は四十三回もお見合いしながら、一度も結婚出来ませんでした。どうしてダメだったのか、真摯にその原因を考えてみると、やはり人生を舐めていたからだと思います。これは負け惜しみでも何でもなく、前述したように私に結婚への強い決意があれば、問題なくTさんと結婚していたはずです。

でも、あの頃私は自惚れていました。私は結婚出来ないんじゃない、したくないだけだ、その気になればいつでも出来るんだという気持ちが、心の片隅にあったのです。

その慢心が私から危機感を奪い、正真正銘のいかず後家にしてしまったのでした。

そして、本当のことを言えば、おそらく母も私がお嫁に行くのが寂しかったのだと思います。お見合い回数も三十回を超え、さすがの私も「ここらが年貢の納め時かなあ……」という諦めの境地になると、そこでもう一押しすればいいものを「良いよ、あんなのと無理して結婚しなくても。断っちゃいなよ」と焚きつけるので、「そうだよね〜！」となってしまうのでした。

小津安二郎監督に『晩春』という作品があります。行き遅れた一人娘の原節子を、大学教授である父・笠智衆が結婚させるまでの物語です。婚約が成立してから原節子

が「私はお父さんと一緒にいるのが一番幸せなの。どんな人と一緒になっても、今お父さんと暮らしているほど幸せになれないような気がするの」と言う場面があります。

私はあのシーンに非常に共感しました。誰と結婚しても、母と一緒に暮らすほど楽しくはないだろう。それなら二人で楽しいお婆さんになるのも良いんじゃないか……と。

しかし、小津は偉大でした。『晩春』監督当時まだ四十代半ばであったにもかかわらず、笠智衆にちゃんと言わせているのです。「お父さんはもう老人だ。滅んで行く世代だ。君は自分と同じ若い世代の伴侶と共に、これからの時代を生きて行かなくてはならない」。言葉は違っても、このような内容でした。

私が身を以て小津の偉大さを知るのは、もはや結婚出来ない状態に陥った後です。具体的には父が急死し、母がボケ始めてやっと、私は自分が天に唾していたことを思い知ったのでした。

第三章　食堂のおばちゃん

「物語が書きたい」——目標シフト

さて、お見合いを始めた年の秋、私は派遣の切れ目で家でブラブラしている間に少し太ってきたので、この際フラメンコでも習ってダイエットしようと思い「ケイコとマナブ」を買ってきました。ページを開くと目に飛び込んできたのは「松竹シナリオ研究所研修生募集」の広告。その瞬間「これだ！」と思い、早速試験を受けて、松竹シナリオ研修所研修所第二十四期の研修生になりました。

子供の頃は『日曜洋画劇場』の大ファン、大学時代は名画座に通い詰めていたくらいで、元々私は映画好きでした。にもかかわらず、それまで脚本に関心を持たなかったのは、主に洋画ばかり観て、台詞を字幕で読んでいたせいでしょう。

外国語の台詞の字幕を読むのと、日本語の台詞を直接耳で聞くのとでは、受け取る感覚がまるで違います。「君の瞳に乾杯」なんて日本語で言われたら、尻がこそばゆくて耐えられないと思います。洋画の吹き替え放送が視聴に耐えるのは、ひとえに役

者が外国人だからです。一方、邦画には文字で書いた場合の「名台詞」が少ないです。それは極めて日常的な「おはよう」「さようなら」「ありがとう」等の言葉が、あるシチュエーションにピタリとはまった時、燦然と輝きを放つからです。小津安二郎などはその典型と思われます。

ところが二十代の頃、山田太一脚本の『早春スケッチブック』を見て衝撃を受けました。第一回の放送で、樋口可南子が高校生の鶴見辰吾を「モデルの仕事がある」と偽って山﨑努（実は少年の実父）の元へ連れていこうとするのですが、受験生の鶴見は怪しんで断ります。すると樋口は同じ電車に乗り込んで鶴見に近づき「私ってねちっこいのよ」と手を掴むや「痴漢よ！」と騒ぎ立て、強引に途中駅で下車させてしまうのです。当時、きれいなおねえさんに誘われると男の子はホイホイついて行くのがドラマのお約束でしたが、山田太一はその定型を破り、よりリアルで印象的なシーンを書いたのです。その台詞のやりとりの自然さ、巧みさ、その後の物語の面白さ、素晴らしさは言うまでもありません。

第一回の放送を見終わって、私は茫然となりました。脚本にはここまでの力がある

と初めて知らされたのです。しかも、当時は同じ山田太一の『ふぞろいの林檎たち』、向田邦子の『阿修羅のごとく』『あ・うん』など、珠玉のようなテレビドラマが次々放映されていました。脚本に惹かれる下地は十分に出来上がっていたわけです。必要なのはきっかけだけでした。

私の「マンガを描きたい」という思いは、今にして思えば「物語を書きたい」であったのだと思います。だからマンガという形式に行き詰まっても、私の中には「物語を書きたい」気持ちが燃えていて、それが次の形式を探していたのでしょう。

マンガから脚本へ……そのシフトはとてもスムースで、自然でした。

松竹シナリオ研究所は、東銀座にある松竹本社ビルの十一階にありました。基礎科の授業は週二回、午後六時半から九時までなので、勤め人が仕事を終えてから通うことが可能でした。週のうち一回は著名な脚本家など、講師を招いてお話を伺う講義があり、あとの一回は実技の講習でした。

シナリオは小説と違い、形式があります。原稿は「ペラ」と呼ばれる二百字詰めの

用紙が基本単位で「ペラ百枚」といえば、四百字詰め原稿用紙五十枚に相当します。

最初は細かな形式を覚えるだけで、どんどん上手くなっていくような気がしたものです。

松竹シナ研では恩師と呼ぶべき二人の名脚本家と出会いました。大島渚監督作品の脚本で知られる田村孟先生と、大映出身で『鬼平犯科帳』など時代劇を中心とした娯楽作品の脚本を多数手がけられた下飯坂菊馬先生です。

田村先生は基礎科の卒業制作脚本の指導教官でした。私の脚本を読んで「俺はこの作品は全然評価しないけど、君はもっと良い作品を書ける人だと思う。俺が松竹で書く予定でダメになった企画があって、資料も全部揃っているから、書く気があるなら貸してあげるよ」と仰って下さったのです。何処の世界に断るバカがいるでしょう。

私は先生から「検面調書」（検事の取り調べ記録）はじめ膨大な資料を借り受け、ある誘拐殺人事件を題材とする脚本を書きました。

田村先生はその脚本制作を通して、具体的に脚本の要諦を教えて下さいました。物語の始まりとドラマの始まりの違い、説明台詞とはどんな台詞か、省略の必要、場面

転換の妙、等々。それなのに脚本で賞を取ることも、プロの脚本家になることも出来なかったのですから、先生には申し訳ない気持ちで一杯です。

そして基礎科修了後も、先生に一向に芽の出ない私を心配して、温かいお手紙を何度も下さいました。そこに繰り返し書かれていたのは「焦るな。時期を待て。必ず時はやって来る」という忠告でした。当時は一刻も早くデビューすることだけを考えて聞く耳を持ちませんでしたが、今になると先生のお言葉が身に沁みます。

下飯坂先生は基礎科の時に一度講義に見えただけの方でした。ところが石沢英太郎の小説「牟田刑事官」シリーズをはじめ、ミステリードラマの脚色を多数手掛けたという紹介を聞き、私は図々しくも当時書いていたミステリー小説を「読んでくれませんか？」とお願いしました。先生は困惑気味に尋ねました。「ワープロだろうね？」

「手書きです」「手書きは困るよ」「私の字はスーパーの広告みたいに読みやすいから、大丈夫です！」

強引に押し切ったにもかかわらず、先生は丁寧に読んで下さり、「これは佳作にも引っかからないと思うけど、アイデアは面白いからテレビ朝日に売ってあげよう

か?」、「いいえ、今度は脚本で書いてみます」、「そんなら、ちゃんと刑事と警察を書かなきゃダメだよ。日本で私立探偵なんか、リアリティないからね」と、貴重なアドバイスを下さいました。この時の作品が『あなたも眠れない』の原形です。

わずかなご縁だったにもかかわらず、先生は私のミステリー好きを覚えていて下さり、松竹シナ研の研究科を修了した時「君、サスペンスドラマのプロットを書いてみない?」と、制作プロダクションを紹介して下さったのです。市原悦子主演『おばさん刑事（デカ）』を制作していたオセロットというプロダクションでした。

下飯坂先生には、その後も「時代劇研究会」という勉強会でお世話になりました。

これは「このままでは時代劇の脚本を書ける人がいなくなる」と危機感を抱いた先生が主宰された勉強会で、松竹シナ研以外にも先生が講師を務められた脚本学校の卒業生たちが参加していました。そして、先生自身が時代小説もお書きになっていたので、脚本以外に小説も、SFからミステリー、純愛、スポ根、コメディーまで、ジャンルを問わずに作品を読んで講評して下さいました。

まるで芽の出ない下積みの時代、月一回同じ目標を持つ仲間たちの作品に触れ、忌き

憚のない意見を取り交わせたことが、どれほど励みになり、気持ちを支えてくれたことか。

人間という字は人の間と書きます。常に他人と群れる必要はありませんし、一人でいる時間はとても大切です。でも、孤立は良くありません。人の間で生きることの素晴らしさを大切にしていただきたいと思います。

田村孟先生は一九九七年に、下飯坂先生は二〇一〇年にお亡くなりになりました。脚本家になれなかった私は不肖の弟子ですが、それでもお二人に教えていただいたことはいつもこの胸にあります。

「筋書きを書くな。人間を描け」

同じ道を歩むことは出来ませんでしたが、私もまた、お二人が目指したゴールを目指して進んで行きたいと願っています。

プロットライターとして売れっ子に

さて、オセロットでプロットを書き、初めて代金をもらった時、それまで「夢」でしかなかった脚本家は「目標」に変わりました。扉は開かれました。二十四期の仲間の中で、一番初めに書く仕事でお金をもらったのです。目の前に続く道を歩いていけば、私は脚本家になれる。そう信じて疑いませんでした。

ほとんどの方はプロットというものをご存じないでしょう。脚本のためのストーリーです。オリジナルも、原作のある場合もありますが、脚本家はこのプロットを元に脚本を書きます。建築に譬えると基礎工事がプロット、上物が脚本、内装・外装を施して建物を完成させるのが演出家、もしくは監督です。

完成したプロットは「企画書」と呼ばれ、通常原稿用紙三十枚から五十枚くらいの長さでまとめられます。しかし、書き直しを何度もさせられるので、実際には原稿用紙三百枚以上書かされます。その上、もらえる代金は額面五万、手取り四万五千円。

ひどいプロダクションは額面三万、手取り二万七千円です。もっとひどいプロダクションは踏み倒します。　幸い、私は経験ありませんが、踏み倒された話は沢山耳にしました。しかも、名前は画面に出してもらえません。今は「原案」という形でテロップが出ることもありますが、私の現役時代は基本的に無記名でした。

まさにデスクワークの蟹工船。ライターという生態系の食物連鎖、その最底辺にいるのがプロットライターでしょう。そして「無理偏に拳骨と書いて兄弟子と読ませるのが相撲の世界なら、「無理偏に搾取と書いてプロデューサーと読ませる」のがドラマの世界です。

そんなひどい目に遭わされながらも、多くのプロットライターが唯々諾々とプロデューサーの命令に従っている理由はただ一つ、脚本家になりたいからです。城戸賞など、大きな脚本賞を受賞して〝脚本家の卵〟としてデビュー出来なかった者は、私のように制作プロダクションからプロットの仕事をもらって書き続け、「今度、シナリオ書いてみる?」と声がかかるのを待つしかないのです。

下飯坂先生は「時代劇研究会」に集まる脚本家志望の若手に、口癖のように「君た

ちは十年遅く生まれすぎた。運が悪い」と言っていました。何故なら一九八〇年代前半までは連続ドラマの数も多く、その反面、脚本家志望者の数は少なかったので、デビューがずっと容易だったからです。

例えば『特別機動捜査隊』（1961〜77年放送・旧日本教育テレビ、現テレビ朝日系）のような連続ドラマは数人のベテラン脚本家が持ち回りで書くのですが、誰かが「今度僕の弟子のZ君に書かせてくれない？」とプロデューサーに頼むと、即OKが出たそうです。それは大先生が共著という形で後ろ盾になり、直しその他は責任を持って引き受けてくれるからです。そして出来が良いと「今度、一人で一本書いてみる？」と声が掛かり、やがて一本立ち出来るわけです。

ところが連続ドラマの数が減り、脚本家の数は増えました。パイは小さくなったのに食べる人が増えたのです。脚本で賞を取っても、プロになれずに消えていく人が増えました。

それでも私は信じていました、私だけは絶対に違うと。この根拠のない楽観がどこから来るのか分かりませんが、とにかく生まれてからずっと、私の人生を支えてくれ

たのだと思っています。

　私はプロットライターとしては売れっ子でした。オセロットでの仕事をきっかけに、次々に色々なプロダクションから仕事がもらえるようになりました。NHK以外のテレビ局では、最低一本くらいサスペンスドラマのプロットを書いています。どうして売れたかというと、とにかく書くのが早かったからです。「明日まで」とか「三日で五十枚」とか、平気で書いていました。断ったら次に仕事がもらえなくなるので、絶対に断りませんでした。

　しかし、どれほど仕事をこなしても、一本四万五千円では生活出来ません。月に四本書けば手取り十八万円になりますが、他のプロットの直しをしながら月に四本ずつ書いていたら、多分三年目には過労死してしまうでしょう。だから宝飾店の派遣店員の仕事は辞められませんでした。

　せっかくの機会なので、具体的にどのようにプロットを制作するか、簡単にご説明します。まず制作プロダクションの企画会議に呼ばれて行くと、プロデューサーから企画内容を告げられます。「一人の男が三人の人間から命を狙われる話をやりたい」。

そして条件が提示されます。「渡瀬恒彦を主役に考えているので、シリーズ化を狙っている。だからラストで主人公が死ぬのはなし」。それから話し合って細かなアイデアを出し合います。それを持ち帰って、原稿用紙三十〜五十枚のストーリーを作って提出するのです。私は金曜日の企画会議に出た場合、必ず月曜日には企画書を仕上げて提出していました。

オセロットは一番沢山仕事をもらったプロダクションで、オーナー兼プロデューサーのAさんは、生まれてから出会った人の中で一、二を争う頭の切れる人でした。そして何しろオーナーなので「今日、二百七十三円しか持ってないんです」と言えば、その場で提出したプロットの代金を払ってくれました。普通はこうはいきません。わずかな金額なのに「企画書が通ってから」「映像化されてから」と理屈をつけて、なかなか払ってもらえず、ひどいプロダクションは半年、一年と支払いを延ばしました。三ヶ月も書き直しで拘束された挙げ句、一年後に二万七千円もらっても、プロット代を払ってもらった気はしません。借金を取り返したような気分でした。

そうそう、最初の頃は家にファクシミリがなかったのでコンビニから原稿を送って

いたのですが、Aさんは「こんな汚い原稿に金を払いたくない」と言って、経費で私にファクシミリを買ってくれました。私がAさんと違う機種のワープロを使っていたら「フロッピーの変換が面倒臭い」と言って同機種のワープロを買ってくれました。

「もうすぐワーッピーは製造中止になる」と、不要になったパソコンとプリンター一式を「絶対にパソコンで原稿を書くように」という厳命の下、プレゼントもしていただきました。

大変お世話になったAさんですが、その分仕事に関しては完全に鬼でした。原稿の質に厳しいのはもちろん、人格否定発言なんか日常茶飯事でした。私がその後どんなプロデューサーと仕事をしても簡単に合格点をもらえたのは、ひとえにAさんに鍛えられたからでしょう。良い思い出ばかりではありませんが、やはり忘れがたい人の一人です。

ただ、世の中はAさんのように優秀なプロデューサーばかりではありません。どうしようもない無能な人もいました。そして無能な人ほど「女性ならではの視点を活かして」などと言いたがります。「女性ならではの視点」などありません。あるのは

「作者ならではの視点」のみです。

私がプロットライター時代にやった仕事で、一番愚かしい作品をご紹介しましょう。

これには原作があり、主婦・カメラマン・実業家の女性三人が探偵役でした。ところがこの三人のキャラクターの書き分けがまるで出来ていないので、全部同じ女に見えるのです。私は思いあまってプロデューサーに「いっそ一人削って二人にしませんか?」と提案しましたが「原作者がいじるなって言ってるから」でダメ。

その原作者はどうにもならない駄作を棚に上げ「日本の自然の美しさ、伝統文化の素晴らしさ、人情の美しさを訴えたい」と、唖然とするようなことをあとがきで書いていましたっけ。

とにかく、必死に工夫を凝らして、つまらない話を面白くすべく奮闘していると、局のプロデューサー（以下P）が次々書き直されてくるプロットに不審を抱き、原作を読んだのです。普通、局Pは忙しいので原作は読みません。プロットだけで判断するのです。で、原作を読んだ局Pはそのあまりのつまらなさに愕然としましたが、とにかく企画を通さなくては困ります。そこで制作プロダクションのPに厳命しました。

「どんな手を使ってもかまわないから、使い物になるような話を作れ！」

すると局Pからお墨付きをもらったPは態度を豹変させ、私に命じました。「大体、この専業主婦っていうのが地味なんだよ。この女をフラメンコ・ダンサーにしろ！」

喉元まで出かかった抗議を無理矢理飲み込んだ私でしたが、もう一度あのPに会ったら、思いっきり言ってやりたいです。

何のために私がこんなに苦労したと思ってんだよ……！

父の死、母の老い。初めて感じる人生の不安

派遣の仕事とプロット書きを続けていた二〇〇〇年の六月三十日、父は亡くなりました。所謂突然死で、苦しみ始めてから五分ほどで呼吸が止まってしまいました。八十五歳でした。

その十五年以上前、祖父が亡くなってから、残っていた三人の職人さんも一人が亡

150

くなり、一人が退職して一人になりました。父は一九八八年に工場のあった敷地を売り、私たち一家は松江から同じ江戸川区内の建売り住宅に引っ越しました。父はその家のガレージを改装して仕事場にし、一人で細々と理髪鋏の製造を続けていました。

祖父も父も、どちらも死ぬまで現役の鋏職人でした。

父は私に関しては「われ関せず」を通しましたが、四十三回ものお見合いの費用を黙って出してくれました。「これだけ注ぎ込んだんだから、一回くらい結婚しろ」と言ったことは一度もありません。また、「いい加減に夢みたいなこと言ってないで、ちゃんと就職しろ」とか「どうせ脚本なんか無理だ」とか、私の行動にブレーキをかけるような発言は一度としてしませんでした。私の生き方を応援してくれていたわけではなく、つまらないことを言って母と喧嘩になるのが煩わしかったのでしょう。それでも、私は何も言わずにいてくれた父に感謝しています。

父が亡くなった時、母は七十三歳でした。それまでは年より若々しくて元気だったのが、この日を境に階段から転がり落ちるように、急激に老い衰えて行ったのです。

母が私の知る母であったのは、父の死までででした。残酷な言い方ですが、父が亡くな

った時、母の人生も半ば失われたのだと思います。

　母は、数々の浮気沙汰や、母よりも姑や小姑の肩を持ったことなど、父の過去の仕打ちを恨んでいて、子供の頃から私に愚痴ばかり言っていました。だから深い愛情があったわけではないはずなのに、いったいどうしたことかと不思議でした。後に聞いた話では、配偶者を失ったダメージは愛情の深さではなく、共に暮らした時間の長さに比例するのだそうです。父と母は四十五年間夫婦として共に暮らしていたので、母のダメージも深刻だったのかも知れません。

　父が亡くなった時四十二歳だった私は、それからの三年間、途方に暮れて過ごしました。それまで私を守ってくれたこの上なく頼りになる母が、美人で頭脳明晰、機知に富んでいた母が、まったくの別人になって行くのを、ただ為す術もなく茫然とするしかなかったのです。……もう誰も頼れない。もう誰も守ってくれない。その事実に打ちのめされそうでした。

　人には年齢に応じた苦労というものがあります。その当時の私と同年齢の女性なら、多くは仕事、結婚、出産、子育て、嫁姑の関係、介護などの苦労を経験していたでし

よう。でも、私には仕事以外の苦労の経験がありませんでした。住む家に困ることがなかったので、独立して所帯を構える必要もない。はっきり言って、四十を過ぎてマザコンでニートだったのです。

私は生まれて初めて、これからの自分の人生に不安を感じました。一人で渡って行かなくてはならない世間に怯えていました。

父が亡くなってから二年後の二〇〇二年九月、派遣の切れ目で次の仕事を探していた時のことです。何気なく目にした新聞の求人欄に「丸の内新聞事業協同組合　社員食堂　調理補助パート募集」を見つけました。勤務時間は午前六時から十一時までの五時間。時給千五百円。交通費全額支給。土・日・祝休み。有給休暇・賞与あり。

「スナックのネェちゃんより良いじゃん！」と思いましたね。これなら一日五時間働けば生活費が稼げるし、午前中に終わる仕事なら午後から始まる制作プロダクションの企画会議には全部出席出来ます。こんな美味しい話があるでしょうか。

もしかして、これほど条件の良い仕事だから調理師免許を持っていないとダメかも

知れないと心配でしたが、ダメ元で電話してみました。

「いいえ、普通の家庭料理ですから、特に資格は必要ありません」

やれやれと胸をなで下ろし、翌日面接に伺いました。調理学校へ通ったことはありませんが、家族の夕食は私が作っていましたし、子供の頃から食べるのが大好きで、台所をウロチョロして母の手伝いをしていたので、料理は得意でした。だから宝石店の仕事から食堂の仕事に変わることに、まったく抵抗はありませんでした。

それに、私としては仕事はあくまでも「脚本家」になるまでの腰掛けのつもりだったので、宝石屋のネエちゃんだろうが、食堂のおばちゃんだろうが、どうでも良かったのです。

場所は有楽町と新橋の中間の高架下で、通路を挟んで食堂と事務所があり、食堂の上には東海道新幹線が、事務所の上には山手線と京浜東北線が走っていました。だから面白いことに、食堂はJR東海、事務所はJR東日本の管理下でした。

面接して下さった労務のSさんの話はほぼ求人内容の通りで、一つだけ違っていたのは「新聞には年に十回〝休刊日〟があって、朝刊がお休みします。その時は朝食は

ありませんので、早番のパートさんもお休みになります」でした。そして、運良く私は採用になりました。

丸の内新聞事業協同組合、略してマルシンは、簡単に言えば巨大な新聞販売店です。付近は官公庁や大企業がひしめいているので、新聞は各種取る場合が多い。それなら読売だ、朝日だと言っていないで、みんなまとめて配ろう……と、初代の理事長さんが組織を作ったのです。その結果、業界紙を含めて六十種類くらいの新聞を扱うことになりました。

社員食堂は朝・昼・晩と、三食を提供していました。朝と晩は新聞配達をする従業員、昼は事務所の職員と「丸の内メッセンジャー」という兄弟会社の従業員がお客さんです。そして、基本的に一月二日以外は休みません。休刊日も昼食と夕食は提供しますし、年末年始も朝食は提供します。特に一月一日は一年で一番重い新聞を配達する日なので、新年会を開いて御馳走を振る舞い、従業員を慰労します。

食数は、私が採用された当時は一日百二十食ほどでしたが、最盛期は一日二百食以上提供していたそうです。都庁の移転、東芝やNTTの本社の移転などが続いて、新

聞配達量も激減し、従業員数も減って組合の規模も縮小してしまったのでした。

それだけではなく、昔は店舗が並んで賑わっていた通路もシャッター街に近づいていきました。私が勤めていた十二年の間にも、残っていた数少ない店が次々と閉店してしまいました。ところが、その殺風景さがかえって被写体として味があるらしく、雑誌のグラビア撮影やテレビの取材に何度も遭遇したものです。

食堂は男性の主任、女性社員のSさんとMさん、遅番パートのJさん、そして私の五人がメンバーでした。社員三人は土・日・祝日も交代で勤務し、主任は買い出しの関係で早番専門でしたが、SさんとMさんは遅番と早番の両方をこなしていたので、かなりハードです。それでも三人とも勤続十数年のベテランなので、それが身についているようで、苦にしていませんでした。

食堂の仕事は家事に近いかもしれません。料理だけでなく、掃除・洗濯・整頓が必須です。特に新入りの主な仕事は掃除と洗い物です。

最初の頃は仕込みをする時間より洗い物をする時間の方が長かったくらいです。高架下という場所柄、店が長屋のようにつながっているので、いくら清潔を心がけても、高

156

隣の店舗から侵入するゴキブリは防げません。食堂はまさにゴキブリ天国で、目の前の棚で交尾をするゴキブリを見たらこともありますし、クレンザーの箱を振ったら真っ白いゴキブリが出て来たこともあります。朝、出勤して一番始めにすることは、使うべき食器と什器類を洗ってゴキブリの糞を落とすことでした。一度洗っても油断出来ません。ちょっと目を離した隙に、皿の上をゴキブリが這っていることもあるので す。だから、とにかく洗い物が大変で、一日に何度同じ食器や什器を洗ったか分かりません。

それが数年後、ゴキブリ駆除器を導入したことによって一気に解決してしまったのだから、科学の力は偉大です。食堂の場合は厨房とホールに二台設置し、人のいない午後七時から午前三時まで、薬品を噴霧しました。毎日一定時間薬品を噴霧することにより、卵から孵ったゴキブリに至るまで死滅させることが出来るのです。しかも弱い薬品で人体に影響はないので、翌朝全部の食器を洗う必要もありません。一度洗った皿を何度もこの器械のお陰で食堂の仕事がどれほど楽になったことか。一度洗った皿を何度も洗い直す必要も無くなり、毎月のバルサンからも解放されました。バルサンを焚く前

後の大騒動は、書くまでもないでしょう。

所謂肉体労働をしたのは生まれて初めてです。だから腰痛や筋肉痛にならないように、ストレッチをしたりお風呂でマッサージをしたりと、身体のケアには気を遣いました。

食堂で働き始めた翌日、労務のSさんに呼ばれて雇用契約の説明をされました。その時「うちの会社は六十歳定年です。パートの人も六十歳ですから」と言われたのが忘れられません。六十歳まで働ける。そう思うとありがたくて涙が出そうでした。

私は絶対にこの仕事を失いたくないと思いました。何の取り柄もない中年女にこれだけの時給と待遇を保証してくれる仕事は、この先絶対にありません。だから主任と先輩たちに嫌われないように努力しました。相手は全員勤続年数の長いベテラン揃いなので、彼らから見て至らない点が多いのは致し方ありません。しかし、彼らの中にも「ここまでは許せる」という最低ラインがあるはずなので、そこよりは上に行くようにしようと決意しました。

率先して洗い物やゴミ出しや掃除をするのは当然です。その他に気を付けたのは、一つは物の置き場所やゴミ出しや掃除をするのは当然です。「レードル！」と言われて何処にあるか探しているようでは失格です。一度に全部は無理でも、一日五個の置き場所を覚えれば、十日後には五十の置き場所が頭に入っています。もう一つは自分の仕事の作業手順を覚えることでした。朝は、一週間はベテランＭさんがサポートしてくれましたが、翌週からは主任と二人態勢になると言われていました。しかも主任は途中で三十分ほど買い出しで食堂を離れるので、その間は一人で仕事をこなさなくてはなりません。だから、一週間で完全に手順を覚えないと、仕事が滞ってしまうのです。通勤の行き帰り、毎日手帳に繰り返し手順を書きました。書くと頭に入りやすく、忘れにくいからです。

私はベテランＭさんと気が合いました。Ｍさんはよく盛んだった頃のマルシンの話をしてくれました。独身の若い男の集まりなので、野球部だの写真部だの釣りクラブだの、趣味の集まりを作って会社が補助金を出していた。マラソン大会をやった。特に何もなくても月に一度はバーベキューパーティーを開いて慰労した。そして、役員

さんたちがお金を出して、社員は全員、順番に海外旅行に行かせてくれた……等々。

「私はスイスへ行ったのよ。チーズが美味しかったわ」

その代わり食数も多かったので忙しさもハンパではなく、みんなトイレへ行く暇もなくて、膀胱炎になってしまったそうです。

「Mさんは昔と今と、どっちが良い？」

「そうねえ。昔は体力があったからあれが楽しかったけど、今みたいにあっちこっちガタが来ると、こうやってのんびり働ける方が良いね」

一方、母の心身の状態は悪化の一途をたどっていきました。物忘れがひどいのは仕方ないとして、妙な思い込みでこちらを振り回すのには閉口させられました。

たとえば、父が買ってくれた珊瑚の指輪が見つからないと、しまった場所を忘れただけなのに「パパが何処かの女にくれてやったに違いない」と言って、夜中に私の部屋に入って泣いたりするのです。こちらは午前三時半に起きて仕事に行くのに、途中で睡眠を邪魔されたら堪りません。

さらに、家事能力がまったくなくなる、と
きどき漏らすようにもなりました。同時に括約筋の力が弱くなって、と
台所が台風の襲った後のようになっていて、しかもトイレはぐちゃぐちゃ……。働き
ながら家事をする際に、夕食の支度から始めるのと、台所とトイレの掃除から始めて
やっと夕飯の支度に取りかかるのとでは、時間はもちろん、精神的な負担が大きく違
ってきます。

「食べたあとの食器は洗わなくても良いから、とりあえず流しに運んで水を張っとい
てよ。そのくらい出来るでしょう？」

何度言っても、口では「うん」と返事するのに、翌日実行されたためしはありませ
んでした。おまけに当時私はハンドクリームが合わずに「ちょっと濡らすと手がふや
ける」奇妙な症状に悩まされてもいました。それについても「食堂は仕事だから洗い
物をしないわけにはいかないし、手袋して作業できる環境でもない。だから家ではな
るべく洗い物をしたくない」と説明したのですが、まるで理解してくれないのです。

あの時は正直、私に恨みでもあるのかと思いました。

その頃は百円ショップで買ったタオルをおしめ代わりに使っていたのですが、あれも今にして思えばよくありませんでした。ウンチの付いたタオルはそのまま洗濯機に入れるわけにはいきません。一度便器で洗い、さらに洗面所で水洗いした上で洗濯機に放り込むのですが、それを一日十枚以上やるのです。

便器に手を突っ込んで十枚目のタオルを洗いながら「もう、いい加減に死んでよ！私はママと心中なんかしてられないのよ！」と叫びたくなりました。でも、そのすぐ後には、もし母がいなくなったら、この世の中の誰が私を心から愛してくれるんだろう……という思いが胸に湧き上がります。頭も身体も壊れてしまったこの人だけが、たった一人の私の最愛の人なのだ。そう思うと、悲しいような寂しいような気持ちでしたが、現状を受け入れることができました。

その後、人に勧められて母は介護認定を受けました。その時に、江戸川区では紙おむつを無料で支給してくれることを知って、サービスを利用しました。今は有料（でも安い）に変わりましたが、それでもおしめの洗濯から解放されて、毎日が非常に楽になったものです。

162

小説家には年齢制限がない。　小説で勝負！

食堂の仕事に慣れるにつれて、私はこの仕事がとても好きになりました。忙しかったし、重労働なので大変ではありましたが、自分に向いているのを感じました。嘘がないからです。

食堂ではいくら口でうまいことを言っても、身体を動かして働かなければ仕事は滞ります。不味い物を食べさせたら人は不機嫌になります。そして、独身男性が多く、朝と夜を食堂で食べる人も少なくありませんでした。だから、みなさんの健康を守っているという誇りとやり甲斐を感じることも出来ました。

すると必然的に、十五年以上も続けてきた宝石販売の仕事が好きでなかったと気が付きました。私は給料をもらっている以上一生懸命働いたつもりですし、仕事の役に立てようと宝石鑑定士の資格も取りました。でも、食堂で働いている時のように誇りとやり甲斐を感じたことは一度もなかったのです。

私はおしゃれが大好きです。素敵な洋服に素敵なアクセサリーを合わせるのはとても楽しみです。でも、本物の宝石にはまるで魅力を感じないのです。

ココ・シャネルは「アクセサリーは洋服のアクセントである。だからある程度の大きさが必要になる。本物の大きな宝石は高すぎて普通の人は手が届かない。だからイミテーションで十分だ」という考えの下、シャネル・スーツにイミテーションパールのロングネックレスを合わせる、あのスタイルを提案したのです。私は本物のおしゃれというのはこれだと思います。だから、でっかいダイヤの指輪をはめてショボイ服を着ているのはダサイと思うのです。

でも、世の中には「私はこのダイヤがあるから、何を着ても堂々と自信を持って振る舞えるのよ」という考え方もあります。それもまた正しいのです。そして、こういう考え方の人、つまり宝石を愛する人が宝石を売るべきだと思うのです。いつも頭の片隅で「別に高い金払って宝石買わなくても良いのに」と思っていた私が宝石店で働いていたことは、店にもお客様にも宝石にも不幸なことであった、と反省しています。

食堂で働き始めた翌年でしょうか、「火曜サスペンス劇場」の人気シリーズだった『警視庁鑑識班』の脚本を書けるチャンスがめぐってきました。その制作プロダクションは非常に良心的な会社で「山口さんのオリジナル・プロットで企画会議を通ったので、脚本も山口さんにお願いします」と言ってくれたのです。

基本的にはオリジナル・プロットで制作が決定した場合、プロットを書いた人間に脚本を書かせるのが常道です。しかし制作本数が少なくなったり、ベテラン脚本家の仕事が減ったりと、様々な事情があって、私はこれまで脚本を書けるチャンスに恵まれませんでした。一度、古田 求さんと共著で『伊豆の踊子殺人事件』（橋爪功主演）の脚本を書かせていただきましたが、その後はまたプロットに逆戻りでした。それ以外に訪れたチャンスも、何故かいつも直前で潰れてしまったので、テロップに脚本家として名前が出ることはありませんでした。だから『警視庁鑑識班』の話が来た時は、嬉しくて飛び上がりそうになりました。

でも、それも事情があって流れてしまいました。もちろんがっかりしましたが、プロダクションはお詫びの印に十万円も払ってくれたので、その件についてはまったく

遺恨はありません。

ただ、その時ハッと気が付いたのです。そのプロデューサーと私は同い年でした。そしてよく考えてみれば、ほとんどのプロデューサーは同年代で、中には年下の人さえいたのです。

これはもう、脚本家でデビューするのは無理だろう……。誰だって新人脚本家でデビューさせるなら、少しでも若くて伸びシロのある人材を使いたいでしょう。三十代で書ける人が大勢いるのに、四十半ばの私が起用される見込みはない、そう思いました。

私はプロットというハードルを次々に越えながら、脚本家というゴールを目指してひたすら一本道を進んでいると思っていました。しかし実際には、回し車の中を走り続けるコマネズミのように、同じ場所で空回りしていたのです。そんな自分の姿がはっきりと見えた瞬間でした。

どうして急に目が開けたかというと、それは食堂で働くうちに安定してきたからだと思います。派遣の仕事もプロットの仕事も、不安定で先の見えない仕事です。派遣

は一年契約がほとんどで、二年先、三年先は見えません。ましてプロットは五里霧中です。それが食堂で働くようになって初めて、六十歳定年、有給休暇、ボーナスなどの安定した身分保障を手に入れました。精神的にも落ち着いて、余裕が生まれたのです。そこで一度立ち止まり、ゆっくり周囲を見回すことが出来たのでしょう。

私はその時不意に「恒産なき者は恒心なし」という孟子の言葉を思い出しました。しっかりした仕事と安定した収入のない者は、安定した精神を保つことが出来ない。なるほど、これだったのかと思い知りました。

小説、特に長編小説は精神が安定していないと書けるものではありません。人生初の長編大河小説『月下上海』を書き上げることが出来たのも、ひとえに食堂の仕事で生活と精神が安定したからだと思います。

まさに「食堂のおばちゃんだから小説が書ける」のです。

教科書に出て来た古めかしい文言が、生きた教訓に変わった瞬間でした。

でも、脚本がダメだからと言って、私は「書くこと」を諦めるつもりは毛頭ありませんでした。確かに脚本には年を取りすぎた。でも小説なら年齢制限がない。小説で勝負しよう。

……以前、少女マンガから脚本にシフトした時と同様、今回も何の抵抗

もなく、スムースに小説にシフトしました。

これまでの私の歩みを読んで「少女マンガを挫折して脚本家を目指し、脚本を諦めて小説に転向した」と解釈していらっしゃる方もおいででしょう。でも、私の中では違っています。全部つながっているのです。マンガは絵とセリフで作る物語、脚本は台詞とト書きで作る物語、そして小説は文章で作る物語です。「物語を作る」という一本の糸で結ばれているのです。私は「物語を作る」という一本の糸に導かれて、ずっと歩いてきたのだと思っています。そして、これからもその糸を頼りに歩いて行くつもりです。

さて、小説に転向しようと決意した私は、次第にプロットの仕事から離れるようになりました。プロットを続けている限り「もしかして今度こそ脚本を……」という淡い期待に翻弄されるでしょう。それに直しを急かされて時間が細切れになるので、落ち着いて小説に取り組むことができません。付き合いの浅いプロダクションから徐々に仕事を断って行き、最後はオセロットとの仕事も断りました。それもすべて、食堂

の給料で生活費が賄えるからこそ可能だったのです。

ちょうどその頃、松竹シナリオ研究所二十四期の同期生でただ一人、プロの脚本家になった大原久澄さんが、出版プロデューサーMさんを各出版社の編集部に紹介してくれました。Mさんは出版社を退職した編集者で、有望な新人を各出版社の編集部に紹介しては、出版された本の印税から手数料を取る……という仕事をしていました。大原さんがMさんに「小説を書いてほしい」と頼まれたのですが、脚本が忙しくて無理なので「この人は書けるから」と私を紹介してくれたのでした。

Mさんは「受賞歴のない無名の新人が本を出そうと思ったら、時代小説の連作短編以外難しい」と言いました。私は即座に「ではそれを書きます!」と答え、頭に浮かんだイメージを伝えました。「美女が呪われた刀を始末しながら旅をする話は如何ですか?」、「なかなか良いね。で、刀は一本が変遷するの? それとも何本かあるの?」、「何本かあった方が書きやすいです」、「じゃ、それで」。

こうして出来上がったのがデビュー作『邪剣始末』(廣済堂文庫➡文春文庫)でした。最初からすべてのストーリーが出来ていたわけではなく、邪剣を始末する美女の

凜然としたイメージを頼りに、見切り発車で書き始めた作品です。それでも私はプロットライター時代の経験から「最初の一行が書ければ最後まで書ける」と確信していました。それに、このチャンスを逃したら、もう一生本を出せるチャンスは訪れないかも知れないのです。だから必死でした。

生まれて初めて自分の原稿が本になった時の喜びは、言葉で言い表すことが出来ないほどでした。初めての子供を胸に抱く喜びに近いかも知れません。

第一章で書いた通り、『邪剣始末』は売れませんでした。私は面白い小説だと思っていますし、その後文春文庫で再刊され、シリーズ第二弾『小町殺し』も刊行されたくらいなので、客観的に見ても面白いはずです。

しかし、時代小説文庫は毎月大量に新刊が出版され、有名作家以外は宣伝もしてもらえず、一ヶ月後には棚を追われて多くが消えて行きます。受賞歴のない無名の新人のデビュー作も、そうして消えたのでした。

大原さんにはこの後もいくつか仕事を紹介してもらいました。『イングリ』（現在はハルキ文庫）が電子書籍になったのも、大原さんが紹介してくれた電子出版社との仕

事がご縁でした。　考えてみればもう四半世紀もの長い付き合いです。そして、松竹シ
ナ研二十四期生で今も書き続けているのは、私と大原さんの二人だけになりました。

呆れた食堂パワハラ事件

『邪剣始末』出版の二年ほど前に、食堂で騒動が起きました。働き始めて三年ほど経
った頃です。

その頃には母の老化現象も一段落していました。最初の三年で一気に落ちるところ
まで落ちた感じです。それ以降はゆるやかに衰えて、こちらの心構えも出来てきたこ
ともあり、もう愁嘆場はありませんでした。

家庭が落ち着いた途端、食堂で騒動が持ち上がったわけです。

その頃食堂はベテランMさんが定年退職し、遅番パートだったJさんが事故で退職
して、社員採用のTさんと遅番パートのIさんが勤めていました。最初の騒動は女性

社員のSさんとIさんの大喧嘩で幕を開けました。

Sさんは正直で働き者、ある意味親切な人でしたが、激烈な性格で、自分自身で感情を制御出来ないところがありました。中学を卒業して美容院に住み込みで就職したところ「給料の三倍働いてもらいます」と、しごかれたのだそうです。そういうしごきに耐え抜いてきた人は、自分が上に立つと下に同じことを要求しがちです。ベテランMさんが在籍中は抑えられていた性向が、重しが取れて吹き出した感じでした。

結局、すったもんだの末にIさんは辞めました。その時主任は「喧嘩は両成敗が基本だが、Sさんは勤続十七年、Iさんは一年なので致し方ない。ただ、今後こういうことがあったら、その時はSさんにも辞めてもらいます」とはっきり言い渡しました。そしてIさんが退職してから半年ほどすると、今度はSさんの怒りの矛先が私に向かってきたのでした。

私はそういう経験が初めてではありませんでした。宝石店で働いている頃も、店長に執拗なパワハラを受けて辞めたことがあります。店長は誰かを標的にしていじめていないと精神のバランスが取れないという人で、店員は順番に標的になりました。耐

えきれずに辞めた人もいれば、耐えているうちに標的が変わって命拾いした人もいました。私の番が来た時はいよいよ来るべきものが来たという気がしました。詳細は省きますが、私はその店を辞めました。理由は一つ、店長に人事権があったからです。当時はユニオンもあり、人事権のある人間がパワハラに走ったら、もう止められません。

Sさんは正社員ではありましたが、人事権はありませんでした。堪え忍ぶのは不毛だと思いました。だから私は様子を見ることにしました。

Sさんのいじめは宝石店の店長に比べると単純で幼稚でした。一人で箱一杯の里芋の皮を剥かせるとか、まだ熱いガス台の上に乗らせて換気扇の掃除をさせるとか、その類です。私の両手は肘から下がかぶれて真っ赤になり、足の裏は低温火傷で皮が剥けました。私はその時、楽しくて笑いそうでした。

「ほんと、バカじゃないの？　こんなことして、私が医者へ駆け込んで診断書を取って労働基準監督署に訴えたら、どうなると思うの？　いじめをやるなら物的証拠を残さないようにしないと。私に訊けばもっと良い手を教えてあげるのに」

私がいつも涼しい顔をしていたので、Sさんのいじめはますますエスカレートして行きました。しかし軽蔑が私の心を守ってくれて、何をされても少しも傷つきませんでした。Sさんは私をいじめているつもりだったでしょうが、私から見るとSさんは自分で自分の首を絞めていたのです。

最初に異変に気付いたのは主任でした。放っておいてもし事故でも起こったら、食堂の責任者としての管理責任を問われます。

「Sさんは山口さんを辞めさせろと言っている。彼女はああいう性格だから気を付けた方が良い」

私はその瞬間を待っていました。

「主任こそ気を付けた方が良いですよ。実はSさんは……」

食堂の勤続年数では、Sさんの方が主任より先輩でした。ただ主任は調理学校を出て調理師の資格を持っていたので、最初から主任見習いとして入社し、前任者の退職後は順当に主任に昇格したのです。Sさんはかねてよりそれが面白くなくて、主任のいないところでは批判を繰り返していました。Sさんにとって主任と呼べるのは前任

者だけであって、今の主任は「後から入ってきた仕事の出来ない怠け者の若造」に過ぎなかったのです。食堂に入った直後から、Sさんは私にも主任の悪口を言い続けてきました。その後Sさんも調理師免許を取得したそうなので、本当は自分が食堂主任になりたかったのかも知れません。

以上のようなことを主任に告げると、見る見る顔色が変わって行きました。そしてその日以降、私をそっちのけで、Sさんと主任の壮絶なバトルが始まったのでした。

結局Sさんは定年までわずか二年半を残して食堂を退職しました。人事権のある者と喧嘩をしたら、勝負は最初から見えています。負ける喧嘩はしてはいけません。

Sさんの退職と同時に正社員採用のTさんも退職しました。彼女は私とは何ら確執がないにもかかわらず、Sさんの尻馬に乗って陰湿ないじめを繰り返していた人でした。主任はこのTさんに対する不信感が強く「Tさんは大変な仕事やきつい仕事は全部山口さんにやらせて、楽な仕事ばかりしている。正社員はパートより高い給料をもらっているのに、それでは話が逆だ。Tさんには正社員の資格がない」と公言したほどです。Sさんが辞めたら食堂に自分の居場所はないと覚悟したのでしょう。

正社員二名が年末に退職した後、新年から食堂のシステムも新しくなりました。土曜日の昼食を廃止して、土・日・祝日は朝食のみの提供になり、土・日専門のパートを募集しました。そして基本的に私が土曜、主任が日曜日に出勤して、パートの人と二人で朝食を提供します。正社員は早番と遅番を交互に務めましたが、それぞれ専門のパートを雇い、食堂は六人態勢で再出発したのです。

そうすると食堂の正社員は主任一人で、後は全員パートになります。会社からは

「山口さん、正社員にならない？」と勧めていただいたのですが、正社員になると拘束時間も長くなり、責任も重くなるので、その時はお断りしました。しかし翌年も勧めていただき「基本的に早番専門でかまわないから」という条件だったので、正社員採用していただくことに決めました。正社員という身分を得たのは、最初の会社が倒産して以来、二十年ぶりでした。

小説が書けない！ まさかの更年期鬱

こうして家庭も落ち着き、会社も落ち着き、さてめでたし。これでやっと落ち着いて小説と取り組める……はずだったのに、またまたとんでもないことが起きました。

私は、小説が書けなくなってしまったのです。こんなことは生まれて初めてでした。

いつもアイデアは泉のように、あるいは鳥のフンが頭の上にボトンと落っこちてくるように湧いてきて、書き始めれば登場人物が生き生きと動き出し、勝手にお芝居を始めてくれて、思いもよらぬ方向へ連れて行ってくれたのに、それが全部消えてしまったのです。

出版プロデューサーMさんに『邪剣始末』は売れなかったから、今度こそ頑張ろう」と言われたばかりでした。新人はデビューして名前を覚えてもらっているうち、およそ一年以内に新作を書かないと、次のチャンスはありません。私は焦りましたが、どうにもならないのです。それでもとにかく無理矢理絞り出したアイデアを核にして

書き始めたのですが、核は小さいまま、一向に膨らんでくれません。連鎖反応で別の
アイデアを引き出してくれることもありません。話は当初考えたストーリーの通りに
進行し、一度もこちらの思惑を超える動きをしないまま、予定通りのラストで終わっ
てしまいました。自分で書きながら「これはつまらないなあ」と思いました。

Mさんに原稿を送ると案の定「ストーリーはこれで良いけど、キャラクターがスト
ーリーの背景に沈んでしまって、全然立っていない。これでは使い物にならない」と
言われました。私もまったく同感でした。

鶏が先か卵が先かではありませんが、その頃、私はもの凄く気分が落ち込んでいま
した。気持ちが沈んでいたから書けなかったのか、書けないから気が重かったのか、
今となっては思い出せませんが、とにかく毎日最悪の精神状態に悩まされていました。
特に朝がひどいのです。朝起きると「どうして目がさめちゃったんだろう。目なん
かさめなければ良かったのに」と思いました。ただ、働かなくては生活出来ないので、
仕方なくベッドから起きだして、出勤の支度を始めます。会社に着いて食堂に入れば、
当時の女性スタッフとは全員気が合って仲の良い職場だったこともあり、おしゃべり

をしながら身体を動かして働いていると、段々気分は上向いてきました。しかし午後、仕事を終えて家に帰る頃からまた気分が下降線をたどって行き、夕飯の片付けを終えて寝る頃には最悪に近づいて行きました。毎晩ベッドに入る前には「どうかもう、朝になっても二度と目がさめませんように」と願いました。

その状態は五十歳になる手前から五十二歳になる手前まで、ほぼ二年間続きました。今にして思えば、それが更年期鬱の症状だったのでしょう。ところが私はうかつにも、自分が鬱だとは気が付きませんでした。更年期に鬱症状が出ることを知らなかったのが一つ、のぼせとかホットフラッシュとか、更年期特有と言われる症状が出なかったことが一つ、さらに私のような楽天的な人間が鬱になるはずがないという思い込みも手伝って、それが更年期障害の一種であるとはまったく思っていなかったのです。

私は自分は不幸なんだと思っていました。不幸だから気持ちが沈み、不幸だから小説が書けない、だからますます不幸になるのだと、そう思っていたのです。

幸いにも私は症状が軽かったようで、二年で鬱状態から脱することが出来ました。でも、もしあの時、更年期鬱だと分かっていたら、きちんと医者に診てもらったでし

ょう。薬であの気分が改善されるなら、どれほど楽になったか知れません。

あの時期に発症した原因ですが、年齢の他に過労があったと思います。私が五十歳の時、高齢の母の将来を考えて、長兄が自宅のリフォームに乗り出しました。骨組みを残して全面改装するテレビ番組『大改造‼劇的ビフォーアフター』のような大工事です。そのため、一度部屋を借りて引っ越して、リフォームが完成してからもう一度引っ越しして、四ヶ月の間に二回引っ越しをやりました。荷造りは引っ越し屋さんがやってくれましたが、荷解きとその後の家の整理は全部私一人でやったので、食堂の仕事と母の世話とも重なり、負担が大きすぎたのでしょう。

五十代は四十代より体力が衰えています。私は自分の体力を過信して、無理をしすぎたのかも知れません。過労は鬱の引き金になりやすいので、その点もみなさんに気を付けていただきたいと思います。

今になって分かることですが、私は自分で気が付いていなかっただけで、他にも更年期障害の症状を体験していたようです。四十六歳の時、原因不明の目眩の発作に襲われ、それから何度も目眩とその後遺症である耳鳴りに悩まされた時期があったので

す。

順天堂病院の目眩専門外来を受診したところ「メニエル病ではないがそれに似た症状」という診断でした。内耳に蝸牛という器官があり、そこの水分量が増えると目眩が生じるのですが、水分量が増える原因は不明で、正常に戻す方法も分かりません。イソバイドという利尿剤を処方されるのですが、尿の量を増やしたところで蝸牛の水分量が減る保証はないのです。

経験した方はご存知でしょうが、ひどい目眩というのは嵐の太平洋に小舟で放り出されたような状態です。横になって目をつぶっても身体は大きく揺れていて、もう身動き一つ出来ません。吐き気がセットでやって来ます。あの頃、床に倒れて芋虫のように丸まって呻いている私の横で、母に「ねえ、夕ご飯まだ？」と言われた時の絶望的な気持ちは、今思い出しても辛いです。

あちこち病院に行きましたが、何処も順天堂と同じ薬（メリスロン、アデホスコーワ、イソバイドの三種類）をくれるだけで症状は一向に改善しませんでした。

最後は兄の経営している整骨院へ週のうち六日通うことにしました。治療の先生は

「身体中凝り固まっていて、血も気も滞っているのが目眩の原因です」という見立てでした。治療を続けて三ヶ月もすると、ひどかった耳鳴りも治まり、普通に人の声が聞こえるようになりました。その後は週に一回程度しか通院していませんが、大きな目眩の発作は起きていません。おそらく整体の治療を続けるうちに、ホルモンその他身体のバランスが整ってきて、蝸牛の水分量も正常に戻ったのではないかと思います。

ただ、その時の後遺症で左の耳に軽い耳鳴りが残っています。だから電話を取る時、人の話を聞く時、右の耳を向けるのが癖になりました。

このようなわけで、更年期に当てはまる年齢の方は、心身に不穏な症状が現れたらまず更年期障害を疑って、専門の病院を受診していただきたいと思います。

さて、更年期鬱に苦しんでいた時期、一つ明るい出来事がありました。時代小説家、喜安幸夫（きやすゆきお）先生のご紹介で「新鷹会（しんようかい）」という小説の勉強会に参加出来ることになったのです。『瞼の母』『一本刀土俵入り』『沓掛時次郎（くつかけときじろう）』など、数々の時代劇の名作を著した長谷川伸が昭和十五年に主宰した勉強会で、かつてのメンバーは山手樹一郎、山岡

荘八、村上元三、戸川幸夫、池波正太郎等、と錚々たる顔ぶれです。現在は長谷川伸の最後の弟子だった平岩弓枝先生が理事長で、ご実家である代々木八幡宮の社務所を会場に提供して下さっています。

私はそこで初めて「小説の師」と呼べる方に出会いました。辻真先先生です。元々はNHKのディレクターで『バス通り裏』の演出も手がけられましたが、後に独立して脚本家となってからは『鉄腕アトム』『エイトマン』『サイボーグ009』から『サザエさん』『未来少年コナン』まで、数々の名作アニメを誕生させました。そして小説の世界にも活躍の場を広げられると、『アリスの国の殺人』で日本推理作家協会賞を受賞され、その後も「迷犬ルパンシリーズ」やトラベルミステリーシリーズなどを発表されてきました。昭和七（一九三二）年生まれ。米寿を迎えてなお、バリバリの現役作家でいらっしゃいます。

新鷹会の合評会は、あらかじめ作品のプリントを配って読んでおいてから臨むのではなく、先着順で作者が作品を朗読し、それを会員たちが批評する独特の形式です。一度聞いただけで作品内容を把握し、それを批評しなくてはならないのですから、集

中力が必要です。

辻先生の作品評は、それはそれは素晴らしいものでした。ミステリー・時代物・S
F・恋愛・ナンセンス・芸道物、どんなジャンルの作品であっても、その作品の長所
と短所を的確に指摘し、"どういう梯子をかけなければもう一段上に行けるか"を具体的
に呈示なさるのです。これはなかなか出来ることではありません。

私は会員のみなさんの作品を聞き、辻先生の素晴らしい批評を聞きながら、もう一
度小説が書きたい、辻先生に聞いていただきたい、そしてアドバイスが欲しい……と、
切実に願いました。

新作は書けないので、以前書いた『恋形見』のプロットを持参して朗読した時のこ
とです。小説ではなくただの筋書き、しかも原稿用紙八十枚を超える長さだったので、
朗読出来たのは最初の三分の一だけでした。それでも辻先生は「山口さん、スタイル
を決めてから書き始めなさいよ。道中歩いていくのか、駕籠に乗るのか、それとも馬
に乗って走っていくのか」と仰って下さいました。私がお見せ出来たのは骨のごく一
部だったにもかかわらず、先生はそれに血肉をかぶせ、完成形を想像した上で貴重な

助言をして下さったのです。

その後、ある作品を読んでいただいた後、先生からお手紙をいただきました。これは私の宝物です。

「あなたの作品はまことに読みやすく達意の文章です。キャラクターにもそれぞれ味があります。しかし金を取って書いている作家である以上、そんなことは当たり前です。あなたの作品はストーリー、キャラクター、トリック、落としどころ、どれを取っても『いつか何処かで見たような』デジャヴ感がつきまといます。あなたは脚本の勉強もされたから抽出も多いけれど、その分先人の手垢がびっしりこびりついているのです。それを一度全部洗い落として下さい。しかし、人間そう簡単に一度付いた垢を落とせるものじゃありません。ストーリーを逆転させる、斜めから見る、俯瞰する……こういう手法を取ることによって、デジャヴ感はかなり払拭されると思います。

そして、出来れば付いた手垢も全部栄養にしてやるくらいの意気込みで、小説に取り組んで下さい」

私は自分の小説の欠点を、これほど明確に指摘されたことはありませんでした。何

だか嬉しくて涙が出そうでした。

作品にうまく活かされているかどうか自信はありませんが、小説を書く時はいつも先生のアドバイスを肝に銘じて取り組んでいます。

二〇一五年、やっと小説の形になった『恋形見』を辻先生にお贈りすることが出来ました。先生からは「時代人情物があまり得意でない僕も、一気に引き込まれました」とメールが届いて、私は快哉を叫びました。

更年期鬱も快方に向かい、何とかまた小説が書けるようになった頃、私は新鷹会で知り合った小説家の響由布子さんに誘われて、小説家志望の武重謙さんと三人で、短編小説を作る勉強会に参加しました。響さんはその短編の中から良い作品を選んで一冊にまとめ、自費出版して各出版社の編集者に売り込もうというのです。

「編集者は忙しくて長い話は読んでくれないから、原稿用紙二十枚以内で書くこと」

毎月一つのテーマを決めて三者三様に作品を書きました。「雨の公園」「山手線」「神社」というワンテーマも、「安全ピン・盆栽・灰皿」「夕方・朝顔・泥棒」「トラッ

186

ク・ランドセル・大道芸」という三題噺もありました。これは非常に勉強になりました。特に三題噺は得意です。元々プロットライターをやっていたので、何か条件を出されてそれに沿って話を考えるのは得意なのです。

松本清張賞受賞後、「夕方・朝顔・泥棒」は『夕顔』という官能小説になり、「トラック・ランドセル・大道芸」は『幻の蝶』という恋愛小説になって、それぞれ『オール讀物』に掲載されました。

ちなみに響さんはすでに官能小説でデビューしており、武重さんは二〇一九年に『山のクジラが獲りたくて』（山と溪谷社）で作家デビューを果たしました。

三人で集まって、勉強会の後の呑み会をやっていた時、頭の上に鳥のフンのようにボトンと落ちてきたのが『月下上海』のアイデアでした。

元々は新聞のテレビ欄の『上海の伯爵夫人』という映画のタイトルを見て、昔の上海で優雅な貴婦人と冷酷そうな男が口論している場面が思い浮かんで来たのが始まりでした。それからも二人の様々な場面が思い浮かんでくるので「あの貴婦人は誰？　あの二人はどんな関係なの？」と気になっていました。そして呑み会の席上、いきな

り昔考えた小説のプロットを思い出したのです。戦前の東京で芸術家同士の夫婦が不幸な結末を迎える話でしたが、どういう形で小説にして良いか分からず、長いこと寝かせて置いたのでした。それがいきなり閃きました。

「そうだ！ あのヒロインがあの貴婦人の若い頃なんだ。だからあの貴婦人は戦える人で、強い女なんだ」

そして、あのプロットを貴婦人の過去の物語に構成すれば、これは長編が出来ると思いました。その瞬間、ストーリーの八割方は一気に完成してしまいました。二〇一一年の晩秋のことでした。

ただ、私は戦前のことも、ましてや上海や租界のことも知りません。ストーリーには穴ボコがいくつも開いています。その穴を埋めていくために沢山の資料を調べ、プロットが完成したのは三ヶ月後、二〇一二年の二月です。

しかし、かつてのプロットライター時代の経験から、あわてて書くと失敗すると思いました。だからすぐには書き始めず、その時代の上海を舞台にした小説などを読みながら、発酵してくるのを待ちました。

そしてゴールデンウィークの終わった後から書き始めて、七月の初めに書き上げました。 書き終えた時はもう、脱力感と達成感が入り交じって、しばし茫然としていました。

実は『月下上海』は初めから松本清張賞を狙っていたわけではありません。 当初の目標は日本ラブストーリー大賞（宝島社）でした。「エンターテインメント性のあるラブストーリーならジャンルを問いません」。この広告を見て、この賞しかないと思って応募したのです。 結構自信満々でした。 ところが、九月に発表された一次選考通過作品二十作に『月下上海』の名はありませんでした。 何と、一次選考で落っことされていたのです！

私はこの作品に懸けていたので、もう目の前が真っ暗になって、頭の中が真っ白になりました。 いったい何がいけないの？ 最終選考で落とされるならまだしも、一次で落ちるなんて……。

宝島社では一次選考通過作品のあらすじをネットで公開しています。 そして「これは仕方ない。 主旨が違うんだ」と

悟りました。そこに出て来た作品はすべて「半径五十メートル以内の恋愛」を描いていました。上海まで行ったら反則だったのです。

すっぱりと気持ちを切り換えて、他に応募出来る賞を探しました。枚数制限が五百枚までOKで、賞金五百万円くれる賞は松本清張賞しかありませんでした。これしかない！　しかも上限六百枚なので、十分に書き足しと修正が出来ました。これと文藝春秋社が実名で登場するので、あざといと思われて落とされたら困るなぁ……と思いながらも、最後の祈りを込めて十一月の初めに投稿しました。

後になって担当Aさんに「実名は問題になりませんでしたか？」と尋ねたら「それは『菊池寛って、実際にああいうおっさんだったから、良いんじゃない』で通りました」というお答えで、やれやれでした。

気力と体力を振り絞った食堂改革

さて、二〇一一年はマルシンの社員食堂にとって、そして私にとって、最大の試練が訪れた年でした。主任が七月に病気で食堂を去り、私が新たな主任になって、食堂改革に乗り出したからです。

それからの三ヶ月間、私は人生で一番頑張ったと思います。これほどまでに気力と体力を振り絞り、全力で現実に立ち向かったことは、生まれて初めてでした。しかも、それは〝いやなことを克服する〟後ろ向きの努力ではなく、〝頑張ってどんどん良くしていこう〟という、前向きの努力でした。私はこの三ヶ月のことを思い出すと、どんなことでも乗り越えられるような気がします。そしてこの三ヶ月の自分を、思い切り褒めてやりたい気分です。

主任が辞めたため、新しい早番パートが決まるまで、夕食は休ませてもらうことになりました。そしてまず第一番に手をつけるべきはメニュー改革でした。何しろ金曜

日の昼ご飯と夕ご飯のメニューが「ざる蕎麦と麦飯」だったのです。しかも、同じメニューが二週間のローテーションで繰り返されていました。定食形式の食事の場合、一ヶ月は同じものを出さないのは基本です。それがまったく破綻していたのです。

スタッフで話し合い、改善点を列挙しました。

「バラエティーに富んだメニューに作り替える。　野菜をたっぷり使う。　季節感を出す。　見た目も大切にする」

社員食堂の食事は一食三百円でした。委託で業者が入っている場合、三百円なら実際に食費として使える金額はせいぜい百五十円から二百円ですが、マルシンは福利厚生で経営したので三百円を全額食費に使うことが出来ました。しかも「別にアシが出ても良いからね」というドンブリ勘定、もとい、鷹揚さでした。

「下代で三百円ということは、営業店なら上代七百円くらいになるはず。だから、七百円いただいても恥ずかしくない食事を出しましょう！」

それまで、食堂の食器はカレーやパスタ以外は、三色皿という仕切りのあるプラスチックの皿を使っていました。　朝食は食数が多いのでそのまま継続しましたが、昼食

と夕食は三色皿を廃止して、陶器の皿を使うことにしました。『邪剣始末』の印税が入った時、私は合羽橋できれいなスープの皿を三十枚買ってきたのですが、それ以外に百円ショップで小鉢用の皿を二種類買い足しました。食器も食事の一部です。

丸の内新聞事業協同組合は昭和二十年代に発足した組織です。さすがに当時の従業員はいませんが、勤続年数の長い方が多く、かつての新聞少年たちも四十代と五十代が多くなっていました。トンカツと焼き肉とハンバーグと冷しゃぶとカレーの順列組み合わせに「もう、肉出されりゃ嬉しいって年じゃないんだよ」と漏らす人もいたくらいです。

「なるべく、肉をドン！　って出すだけの料理は控えようね。それと、昼と夜に同じメニューを出すのも止めよう。宿直の人は昼夜食べるんだから。あと、昼と夜、週に一度は魚を出そう。築地に行って美味しい魚買ってくるから」

私があれこれ提案すると、スタッフも意見を出してくれました。

「暑い夏の朝ごはんに冷たい麺類って良くない？　冷やしとろろ蕎麦とか冷やしナスうどんとか。炊き込みご飯とサラダ付けてさ」

「山口さん、私、昼にサンドウィッチやってみたいです」

「カウンターに出す漬物はキムチだけじゃなくて、沢庵と、出来れば週替わりでもう一品、三種類くらい出してあげたらどうでしょう?」

スタッフも食堂で働く人たちなので、料理が好きだし、お客さんに美味しい物を食べさせたいと思っていたのです。みんなそれまでのメニューには大いに不満で、私たちの意見はピッタリ一致していました。

間もなく新しいスタッフも決まり、二週間後に夕食を再開して、食堂は元通り一日三食を提供出来るようになりました。

取材その他で食堂のことをお話しすると「メニュー作りが大変でしょうね」と言われますが、メニューそのものは今はレシピ本も沢山出ていますし、それほど苦労はしませんでした。実はその二年ほど前に、前任者だった主任のメニューがあまりにもひどいので、一ヶ月分のメニューを自分で作って提案したことがあるのです。即座に却下されましたが。その時のメニューも残っていましたので、参考資料には事欠きませんでした。

一番大変だったのは食材のチェックです。たとえばメニューがトンカツだった場合、ロース肉・パン粉・小麦粉・卵……と必要な食材を書き出して買い出しをするわけですが、付け合わせのキャベツを注文するのを忘れたりするのです。あるいはメインの食材に漏れがなくても、副菜の材料を一つ書き忘れるとか。買い出しに行くと二日分くらいの食材と雑貨をまとめて買いますが、金曜日は月曜日の朝の分まで買わないと間に合いません。一日で朝・昼・晩と三食あるわけです。そのすべての食材を書き出して、しかも青果店と精肉店に注文する物、銀座のハナマサで買う物、築地場外で買う物を分類しなくてはなりません。何分初めての経験でしたし、もう頭の中がこんがらかっておかしくなりそうでした。

それ以外に帳簿付け、金銭管理、スタッフのスケジュール調整も主任の仕事です。

月一回、全員の検便を保健所に届けるのも役目でした。

あの頃は寝ていても夢の中にメニュー表が出て来て、買い出しの食材チェックをしていました。そして「忘れたー！」と叫んで夜中に飛び起きると、いつもより十分早く家を出て、駅前の二十四時間スーパーで買い忘れた物を買って出勤する……という

日常でした。

「山口さん、あなた大丈夫？　痩せたんじゃない？」

Ａさんに心配されたのは八月の終わりだったでしょうか。気が付けば、私はげっそり痩せていました。

Ａさんとは七年ほどの付き合いで、その頃から私は「痩せた〜い。でも食べた〜い」と、焼け石に水のようなダイエットを繰り返しては失敗しておりました。終いには「オオカミ少年ならぬオオカミ中年」とからかわれる始末でした。それが……。

「もしかして私、痩せるほど働いちゃったんだ」

「偉かったねえ。でも、頑張った甲斐があったじゃない」

そうなのです。食堂改革の反応はダイレクトに伝わっていました。

事務所の女子社員はそれぞれ口に出して「毎日お昼ご飯が楽しみです」「今までは野菜に飢えていて、夕飯はサラダ山盛りで食べてたんだけど、もうそんなことなくなったわ」「正直、家からお弁当持ってこようかと思ってたのよ。山口さんが主任になって本当に良かった」と激励してくれました。男性陣は口に出して褒めてくれる人は

数人でしたが、それでも態度に表れます。お通夜のように黙って食べてそそくさと席を立つ人の多かった食堂が、ゆっくり食事をしながら談笑する人たちの声で賑やかになりました。無口で無愛想だった人が毎日笑顔で「おはようございます！」「ごちそうさまでした！」と挨拶してくれるようになりました。夕食に築地で買った大きくて脂の乗ったホッケの干物を出した時は「Oさんが『魚が食べたかったんだよね』としみじみ言ってましたよ」と嬉しい報告を受けました。

主菜と副菜に野菜が不足していると思われる時は、カウンターに食べ放題のサラダを出しました。非常に好評なので「これからは毎日サラダ・バーを出します！」と宣言したところ「山口さん、そんなことしてお金、大丈夫なの？　アシ出てるんじゃない？」と心配していただいて、嬉しくてホロリとしたものです。

三ヶ月もすると、ようやく一段落し、食材チェックにも慣れてきました。メニューにも色々工夫が生まれ、楽になってきました。

まず、買い出しの無駄と調理の手間を省くため、昼食と夕食の副菜を同じ物に決めました。こうすれば昼の残りを夜に回せます。そして、昼食と夕食には毎日サラダ・

バーを出すことにしました。これはお客さんに好評だっただけでなく、メニューを作る際にも役立ちました。主菜か副菜の材料に必ず野菜を入れる必要が無くなったので、その分メニューの幅が広がるのです。たとえば主菜が焼き魚、副菜が高野豆腐と干し椎茸の煮物でも、サラダが付けばバランスの取れた食事になります。

そして、自宅の近くの業務用スーパーがハナマサより安いことを発見し、極力そこで買い出しをして食堂に運ぶようになりました。不味い物や品質の悪い物なら買いませんが、スーパーで売っている調味料類・乾物・佃煮・漬物・小麦粉・パン粉などは、大体似たり寄ったりです。それなら少しでも安い物を買って節約し、浮かせた経費で豪華メニューを出そうと思ったのです。そこはハナマサより七割も安い品があったり、清酒二リットルのパックが六百円弱で買えたりと、私には宝の山のような店でした。

お陰でクリスマスにはケーキ、節分には豆菓子、バレンタインにはチョコレート（しかもハート型）、桃の節句には雛あられと、季節感のあるサプライズを出すことが出来ました。

しかし、水物は重いのです。私のショッピングカートは重量に耐えかねて半年で壊

れました。そこで会社にお願いして、月に一回車で神田の支店に行き、水物の買い出しをさせてもらいました。

もちろん、失敗もあります。試行錯誤の食堂経営ですから失敗は付きものです。けれども失敗を恐れていては新しいことを始められません。失敗したら改めればいいのです。

メニューに関して思い出に残っている失敗例をご紹介しましょう。

副菜に出したキュウリのヨーグルトソース和え。女性は喜んで食べてくれましたが男性は……。「ねえ、もう一生食べたくない？」と聞くと、「それほどでもないけど……」と沈黙。でも顔が不味いと言っていたので、それは二度と出しませんでした。

そして、やはり副菜で出した冬瓜（とうがん）と茗荷（みょうが）と干し椎茸のゼリー寄せ。美味しそうでしょう？

実際美味しいのです。女性陣は「ステキ！　会席料理みたい！」と絶賛してくれました。でも、男性陣で残す人が結構いたのです。これは手間もかかっているし、自信作だったのでショックでした。「いや、別に不味くないけど……こういうの、食べた

ことないから」というお答えが数人から返ってきました。「分かった！ じゃあもう、二度と出さない！ キーッ！」。美味しかったのに残念です。

あの頃のことを書いていると、自然に頬がゆるんできます。大変でしたが、本当に充実していました。私は雇われている身でしたが、自分の店のような気がしていました。そして社員食堂なので、お客さんも同じ顔ぶれです。何だか身内のように感じていました。

そしてつくづく、私ってなんて悪運が強いんだろうと思います。食堂改革が始まったのは『月下上海』を書き終えた後でした。あの大変な時期と執筆期間がまったく重ならなかったのです。もしあの時期に書いていたら、とても完成はおぼつかなかったでしょうし、無理して書いていたら食堂の方が破綻していたでしょう。綱渡りだったけど無事渡りきったのだと思いました。

また、考えてみれば更年期鬱を発症した時期も、母が急速に老化していった期間とは重なっていません。母の状態が一段落して安定してから、私の鬱が始まったのでし た。目眩の発作に悩まされた時期も、Sさんのパワハラ騒動の時期から外れています。

悪いことは次々とやって来たのですが、二つ一緒には来なかったわけです。そう考えていくと、案外神様っているのかな……と思ったりします。

食堂のおばちゃんから、ただのおばちゃんに

小さな問題は起きたものの、食堂は好評のうちに営業を続け、二〇一三年に入りました。

忘れもしない三月四日、整体の治療を受けて家に帰ると母が「日本文学何トカって言う人から電話があったわよ。またかけ直しますって」と言います。そんな知り合いはいないけどなあ……と思っているとベルが鳴り、受話器を取ると「日本文学振興会です。山口さんの『月下上海』が第二十回松本清張賞の最終候補作品に選ばれました。つきましては担当のAという者が連絡いたしますので、詳しいお話を……」

その知らせは、それまでの人生の中で一番嬉しい知らせでした。

後日、指定された日時に文藝春秋社を訪ね、サロンでAさんに初めてお目にかかりました。

何故最終候補の段階で担当者が付くかというと、編集会議で出た意見を参考に、選考委員による最終選考会までの間に書き直しても良いからなのでした。

「山口さんの場合は作品の完成度が高いので、大幅な書き直しは必要ありませんが、一点だけ気になったのが……」

と、Aさんの貴重なアドバイスがあり、最後に、四月初めのマスコミ発表までは最終候補に残ったことを口外しないようにと念押しされ、サロンを後にしました。

でも。辻真先先生にだけは、その日のうちに最終候補の件をメールで伝えてしまいました。先生からは「定めし今は最終候補者の恍惚と不安の間を行ったり来たりしていることでしょう。どうせなら恍惚感をたっぷり味わってお過ごしください」とのありがたい返信をいただきました。

さすがに辻先生は分かっていらっしゃるんです。思いっきり楽しまなくちゃ損ですよ。そう、こんなこと一生に一度しかないんです。それから私は最終選考の日まで、夢見心地で暮らしました。

数日後、書き直した原稿を持参するとＡさんは「もう、やり残したことはありませんか?」、「はい。人事は尽くしましたので、後は心静かに天命を待ちます」と私。その言葉に嘘はありませんでした。

最終選考会が開かれたのは四月の二十三日で、あらかじめ日本文学振興会のＩさんから「結果が出るのは午後七時から八時の間です。連絡が行ったら、すぐ選考会場へ来られるように準備しておいて下さい」と言われていました。

だから帰宅してから少し昼寝、その後入浴・お化粧・髪の毛のブロー、母にご飯を出してから「さあ、着替えよう」と部屋に入って……パンストに片足突っ込んだ途端に電話が鳴りました。あわてて受話器を取ろうとして机に脚をぶつけてしまい、ふと時計を見たらまだ六時十五分じゃないの。内心「はえーよ!」と毒づきました。

「おめでとうございます。『月下上海』が受賞作に決まりました」

私は絶対に受賞すると確信していましたが、それでも一抹の不安はあったので、飛び上がるほど嬉しい気持ちでした。

「取ったー！」

階段の上からリビングの母に叫び、黒のパンスト一枚の姿で駆け下りてソファの前に立ちました。すると母は何を思ったか、いきなり私を指さして「力道山！」とひと言。思わず「上手い！」と手を打ってしまった自分が憎いです。

「このクソ忙しい時にしょうもないツッコミ入れてんじゃないわよ！」

そしてまたドタドタと階段を駆け上がり、着替えて各方面に連絡し、家を飛び出しました。なかなかタクシーが捕まらずに焦ったのを覚えています。

受賞後、会社に出勤すると、Aさんはいきなり私に抱きついて泣かんばかりに喜んでくれました。他人の幸運を我がことのように喜んでくれる同僚に恵まれたことに、私も感謝で一杯でした。

それからの大騒動については第一章に書いたので繰り返しません。

あの時期、私には食堂改革の三ヶ月の経験があったので、何があっても動じない、大丈夫だという自信がありました。あの時のことを思えば、取材攻勢なんかヘイのチ

ヤラでした。

ありがたいことに、取材以外に執筆依頼も多数いただきました。エッセイはほとんど瞬時に書けますし、短編小説も数日で書き上げることが出来ました。問題は長編小説で、受賞後第一作目の『あなたも眠れない』を書き始めてから、執筆期間のやりくりに不自由を感じるようになってきました。

とうとう年末に「給料半分で良いから、十時半で上がらせてくれませんか?」と労務のSさんに相談しました。十時半まで食堂にいれば、翌日の朝食の仕込みまで終わっているので、昼食・夕食の調理と後片付けは私がいなくても差し障りがないからです。

「それは構わないけど、一日四時間半の勤務で正社員契約は出来ないから、またパート契約に戻ることになるけど、良いの?」とSさん。

「それはまったく構いません」

「それとね、ここは社員食堂だから、全員パートで運営するのは少し問題があるんだ。Aさんはもう六十歳を過ぎてるから、新しく正社員待遇の人を雇って主任に迎えるこ

205　第三章　食堂のおばちゃん

とになると思うよ」

　その際、私が勤務を続けるか、あるいは退職するか、いずれにしても年度末までに結論を出して欲しいということでした。

　正直、私は会社を辞めようなどとは夢にも思っていませんでした。十時半で仕事を終われば、十分に二足のわらじを履いてやっていけるという心づもりでした。

　しかし、新しい主任を雇うと食堂の人員は七名になります。現在六人で十分運営していけるところに一人増えるわけで、それなら私は完全な余剰人員です。会社が儲かっている時期ならそのまま居座ることも出来るでしょうが、新聞の配達量が最盛期の月十万部から五万部にまで落ちている時に、余分な給料を払っていただくのは心苦しい限りです。辞めるしかないだろう……そう決意しました。

　後になって気付いたことですが、あっさり退職を決意したのは会社の事情だけでなく、私にもそれを望む気持ちが芽生えていたからです。

　自分の力量を考えれば、読み応えのある長編小説を書けるのは七十歳くらいまでで

206

しょう。その時点で残り十五年を切っていました。この十五年を全力で小説と取り組まなければ、絶対に後悔する。その思いが、背中を押したのです。

年が明けてから、三月一杯で退職することになったと食堂で打ち明けました。びっくりしたのは、Aさんはじめ全員泣いてくれたことです。本当に身の置き所に困って、一人でもじもじしてしまいました。

各出版社の編集者にも退職の件を知らせました。

私は経験しませんでしたが、新人小説家は編集者から心得その一として「絶対に勤務先を辞めてはいけません」と釘を刺されるそうです。だからみなさんに「えーッ⁉どうして辞めちゃったんですか？ せっかくトレードマークだったのに。山口さんから食堂取ったら、タダのおばちゃんじゃないですか」と言われるのかと覚悟していたら、どなたも満面の笑みで「それじゃ、一年に長編四作書けますよね。うちの仕事は来年になってたけど、年内でお願い出来ますか？」という話ばかりだったので、「あ、良かった！ 私、多分筆一本でやっていけると思われてるんだ」と、安堵して胸をなで下ろしたのでした。

退職に際して事務所のYさんから「会社から何か記念品を贈ることになったんだけど、何が欲しい？　本人に選んでもらった方が間違いないから。予算は一万円以内で考えて」と聞かれ、迷わずステンレス製の水切りカゴを選びました。当時自宅で使っていたプラスチック製の品が古くなっていたのです。その水切りカゴは今も我が家の台所でピカピカに輝いています。「火事で逃げる時も嫁に行く時も持って行くからね」とYさんに伝えました。

理事長さんからは「この会社の配達網は非常に優れているから、新聞だけでなくて、これから雑誌なんかも載せていこうと思ってるんだ。山口さんが大きな賞を取ってマスコミでうちの会社も宣伝してくれたから、営業のきっかけになって助かってるよ」と、感謝状までいただきました。「あなたは永年にわたり当組合の食堂業務に従事し従業員の健康管理に大変なご尽力をされました……」という感謝状は、私の勲章です。

私は丸の内新聞事業協同組合の社員食堂で働いていたからこそ作家になれました。マスコミに注目されたのも食堂あればこそです。四十過ぎてもマザコンでニートだっ

た私が、母の老衰を受け入れ、いずれ一人で生きねばならないと覚悟が出来たのも、食堂で働いたお陰です。だから退職はしましたが、このご縁はずっと続いてゆくと思います。

二〇一五年の新年会にもシャンパンを半ダース持って遊びに行きました。ビンゴゲームで商品カタログが当たって、樹脂加工のフライパンをゲットしました。マルシンとご縁のある品が台所に集中しているのも楽しいことです。

退職してから錦糸町で一度、上野で一度、偶然マルシンの関係者とバッタリ出会いました。お互い笑顔で「山口さん！」「○○さん！」と駆け寄って旧交を温めました。笑える関係で退職出来たことを、とても幸せに思っています。

繰り返しになりますが、私は食堂の仕事に全力を注ぎました。出来ることはすべてやり、一つも出し惜しみしませんでした。だから後悔も心残りもまったくありません。毎日会っていた人たちと別れた寂しさはありますが、喧嘩して辞めたわけではありません。いつでも戻れるという思いがあります。誰と会ってもお互い笑顔で話が出来

209　第三章 食堂のおばちゃん

ます。

　もしかしたら、いつか小説が売れなくなって、もう一度食堂のおばちゃんに戻る日が来るかも知れません。そうしたら、まず一番にマルシンを訪ねて「求人の御用はありませんか?」と聞いてみようと思います。

第四章　崖っぷち人生

悪運さん、いらっしゃい！

二〇一三年、勤めていた食堂で『FLASH』で人生相談やることになった」と言ったら、朝ご飯を食べていた男性従業員に爆笑されてしまいました。

「人の相談してる場合じゃないでしょ。山口さん、人生崖っぷちじゃん」

そう、確かにその通りです。何しろ私は旦那はいない、子供はいない、カレシはいない、おまけに母はボケちゃうし猫はDVだし、もう踏んだり蹴ったりなんですから。

その上、今や食堂を辞めてしまって筆一本。みなさんもご存知でしょうが、出版界は大不況で本が全然売れない時代なんですよ。出版物の総売上げは一九九五年から比べると四割以下に落ちているそうです。文芸書……つまり小説に限って言えば、全盛期の六割から七割減と聞きました。全小説家の中で小説だけで食べている人は一割以下で、後は医者や教師など本業が別にあったり、大学やカルチャーセンターの講師など副業を持っているとか、あるいはご主人の収入で生活出来る主婦とか……。

こんな時代に専業作家になったわけですから、前途多難は当然です。

それでも私は楽観しています。どうにかなるさ、と。

何故かというと私が小説家だからです。小説家の何が素晴らしいって、人生を丸ごとネタに出来るところです。いい経験も悪い経験も、全部ネタです。しかも、悪い経験の方がネタとしては面白いんです。電車で偶然隣に座った若いイケメンと恋仲になって結婚して幸せに暮らしましたなんて、小説にしてもつまんないでしょ？　でも、二人で住むマンションを見に行って、苦労して積み立てた預金を全部下ろして頭金を払った途端、彼は姿を消し、おまけにマンションは欠陥住宅で、しかも知らない間に消えた彼の借金の連帯保証人にされていて……なんて、ハラハラドキドキ、面白いじゃありませんか。

実生活で言うと、私は二〇一九年、一ヶ月の間に二度も振り込め詐欺のターゲットにされました。一度目は還付金、二度目は警察を騙って電話が来たのです。幸い危ないところで難を逃れましたが、何を隠そうこのネタで原稿を八本書き、ラジオに二回出演しちゃいました。まさに小説家の鑑、〝他人（ひと）の不幸は蜜の味、自分の不幸はメシ

の種〞ですわ。

つまり、小説家には人生に失敗はないんです。全部ネタですから。悪運さん、いらっしゃい、ですよ。

私は松本清張賞を受賞してから、まるでオセロゲームのように、それまでの黒が白にひっくり返る状況を経験しました。食堂のおばちゃんも、大酒呑みも、お見合い四十三連敗も、マスコミ的にはすべて美味しいネタで、それで大きく取り上げていただいたわけです。

だから、その時覚悟しました。いつかこれが逆転して、この白がもう一度全部黒にひっくり返る日が来るかも知れない。小説が全然売れなくなって、親切だった編集者に掌返しされ、原稿は突き返されるわ居留守は使われるわ、「〇〇さん、ひど〜い！」と机に突っ伏してよよと泣き崩れ……なんてこともあるだろう、と。

私は腹をくくりました。そうなっても狼狽えるのはよそう。また食堂で働きながら書けば良いんだから。それに、それって面白い。何だか小説みたいじゃない……。

そうです。小説家の人生に失敗はありません。全部ネタですから。

私は呆れるほどに楽観的で、能天気と言っても良いほどです。先々のことを考えてあれこれ悩んだりしません。これは非常に得な性格だと思っています。何故なら、悩んで解決する問題などどこの世にないからです。

人間の悩みには二種類しかありません。どうでも良いことと、どうにもならないことです。

どうでも良いことというのは「○○さんは口ではああ言っているけど、本当は私のことどう思っているのかしら?」「ママ友の××さんはどうも私を良く思っていないみたいだけど」という類です。○○さんの場合、その人が親兄弟や恋人など、身近な人であれば自ずと真意は感じ取れるはずです。そして胸中を察せられない程度の希薄な関係……赤の他人の場合、放っときゃ良いのです。一度口から出したことを違えたら、悪いのは相手の方です。だから××さんのことは忘れなさい。ママ友は友達じゃありません。赤の他人のために気持ちを乱されるなんて愚の骨頂です。どうしても気になったら「あなたは私を良く思っていないみたいだけど、どうしてかしら?」と、

××さんにはっきり聞いてごらんなさい。××さんはともかく、あなたの気持ちはスッキリするはずです。

どうにもならないことというのは「リストラされた」「会社が倒産した」「彼に新しい女が出来て捨てられた」などの類です。

これは悩んだって仕方のない問題です。受け入れるしかありません。受け入れた上で善後策を考えればいいのです。ユニオンに駆け込む、ハローワークへ行く、新しい男を見つけるなど、現状を改善する方法はあるはずです。マイナスの事態に遭遇した場合、くよくよ悩んでいるのと、事態を受け入れてから善後策を考えるのとでは、立場は同じでも気持ちの面で断然差が付きます。たとえば身体の同じ場所をナイフで刺されたとしても、筋肉に力を入れて防御態勢を取った時と、無防備に脱力している時では、ダメージの大きさが違います。気をしっかり持って、心を傷つけないようにガードして下さい。

特に男に振られたような場合、もっと好い男をゲットすれば、別れた男のことなど一生思い出すことはありません。

そして、宝くじを買いましょう。私は毎週TOTO BIGを買っています。六億円手に入ったら、人生の悩みの九十九パーセントは解決してしまいますからね。おほほほ！

♪ 人間関係は、ご縁で始まり相性で続く

今の日本に蔓延している深刻な現象は〝引きこもり〟と〝自分探し〟ではないかと思います。

〝引きこもり〟も、かつては十代の若者特有の現象と思われていたのが、今や四十代・五十代・六十代の引きこもり族まででいるそうで、驚くやら感心するやらです。私が子供の頃は、子供が部屋に閉じこもって出てこないことはほとんど無かったと思います。何故なら、自分の部屋を持っている子供なんかほんの一握りしかいなかったからです。まして、青年期に達した子供を養っていけるほどの富の蓄積が庶民にはあり

ませんでした。だから引きこもり族の話を聞くと、日本も随分豊かになったという感慨をもよおすのです。

そして "自分探し" と言えば、中高年の女性がカルチャーセンターにかよったり一人旅をしたりすることだと思っていたのですが、最近は "自分探し" で戦場に行く若者が現れたそうです。　戦場で自分を探されても、　敵も味方も迷惑するだけだと思うのですが。

もう一つ、『FLASH』の人生相談で多かったのが「最近の新入社員には覇気がない。やる気がまったく感じられない」というご相談です。

私は最近の若者にやる気がないとは思っておりません。ただ、もはや中高年世代になってしまった私とは、やる気を出す場所が違っているだけなのだと思います。たとえば携帯メールが来たら三秒以内にレスポンスとか、一緒に昼飯を食べる友人がいないと恥ずかしいのでトイレで弁当を食べるとか、結構やる気は出しているのですよ。

ただ「そんなことにやる気を使うな！」という場所で使っているだけで……。

私はそれらは全部まとめて、同じ根から生じた現象ではないかと考えています。

その根を非常に的確に美しく表現した文章が『山月記』（中島敦）にあります。

「己の珠に非ざることを倶れるが故に、あえて刻苦して磨こうともせず、また、己の珠なるべきことを半ば信ずるが故に、碌々として瓦に伍することも出来なかった」

中島敦はそれを「臆病な自尊心と傲慢な羞恥心」によると結論づけています。現代風に言えば「俺はやれば出来るんだ。ただ本気出してないだけだ」となるでしょうか。

彼らの頭の中には〝カッコ良い自分〟というイメージがあります。ところが現実はそのイメージに追いついていません。そのギャップに呻吟しているにもかかわらず、彼らの頭にはこつこつ努力を積み重ねて少しずつでもイメージに近づいていこう……という発想がありません。カッコ良い自分が地べたをはいつくばって種をまくような真似をするなんて、カッコ悪くて誇りが許さないのです。

ある人は鏡に映った己の姿に「イ、イメージと違う！」と苦悶し、人前に出るのを避けて部屋に引きこもります。ある人は「この姿は本物の自分じゃない。嘘の自分だ。本物の自分は世界の何処かにいるはずだ」と信じて自分探しの旅に出ます。そしてまたある人は「今の世の中、若者は結局親の世代より豊かにはなれない。自分の親程度

の暮らしのために、本気出してがむしゃらに頑張るなんてバカバカしい。カッコ悪い「ったらない」と見切りを付け、世の中を斜に構えて見るようになります。

彼らは間違っています。

今の世の中でカッコ良いと思われている人たち、たとえば坂本龍馬とか土方歳三、彼らはその当時カッコ悪いと思われていることから逃げないで、カッコ悪さを引き受けて生きた人たちです。その志と潔さが、今の私たちから見て非常に格好いいのです。

人間はカッコ悪さから逃げている限り永久にカッコ悪いままです。カッコ悪さを引き受ける勇気を持てるか否か、そこに人間の真価が問われるのです。

私は〝自分探し〟というのが一番理解出来ません。今ある自分が嘘の自分で、本当の自分が世界の何処かにあるという考えまでは理解出来ます。しかし、本当の自分が嘘の自分より素晴らしいと信じる根拠は何なのでしょうか？　普通に考えたら、本当と嘘があったら嘘が素晴らしいに決まっていますよ。だって本当は現実、嘘は願望なのですから。

どうして彼らのような人間が増えたのかと考えると、日本が豊かになったことと、教育が間違っているのではないかという結論に達しました。

「一人の命は地球より重い」「人はみな素晴らしい個性を持っている」「やれば出来る」「人間はみな平等だ」

こういう甘ったれた考えが、子供の精神を脆弱にしているのではないでしょうか。

伝記を書いてもらえるような素晴らしい個性を持った人間なんて、一世紀にほんの二、三人しかいません。後はみんなドングリの背比べです。そのままでいたら誰も自分と他人の違いに気付いてはくれません。

第二章で書いた、特A5番の松阪牛とノーブランドの並牛肉のお話です。並肉はそのままじゃダメなんです。手間暇かけて工夫して、やっと人前に出せる料理になるんですよ。並肉を特A5番と錯覚させるような教育は間違っています。

そして「やれば出来る」なんて大嘘です。やって出来ることなんて百のうち二つか三つくらいで、大方のことは出来ないんです。それでもやらないといけないことが世の中にはあるのです。それを教えるのが教育というものです。努力が全部ブーメラン

のように返ってくるはずがありません。努力の九割は無駄になります。でも、努力し

ないことには一歩も先へ行けません。継続と忍耐、この大切さを教えるべきです。

私が一番頭に来るのが「人間はみな平等」です。人間が平等のわけないじゃありま

せんか。それが証拠に、私は山口百恵と同学年です。山・口・恵と、三文字も同じで

す。それなのに人生まるで違ってるじゃないですか。片やレジェンド、片や食堂のお

ばちゃん。おまけに百恵さんには素晴らしいご主人と息子さんがいて、私は今や食堂

も取れてタダのおばちゃんですよ。いったいどこが平等なんですか！

……興奮して、失礼いたしました。

さて、子供もいないこの私ですが、台東区立浅草中学校のPTAで「母と子の関

係」について講演させていただいたことがあるのです。

以前は母親と息子の癒着があれこれ取り沙汰されていましたが、今は母親と娘の確

執が話題になることが多いようですね。支配欲の強い母親によって自分がどれほどの

被害を受けたかを綴った本が次々と刊行されています。一方では妻の実家に同居する

若夫婦も増えているそうですし、簡単に論じられる問題ではありません。

私は親子・夫婦・兄弟・恋人・友人を問わず、人間関係というのはすべて「ご縁で始まり相性で続く」ものだと考えています。縁あって親子に生まれ、縁あって夫婦になっても、相性が悪いとご縁が切れてしまうのです。相性というのは努力では如何ともし難い場合もあって、ある種運命とか宿命に近いのではないかと思うのです。

だから、どっちが悪いとか、あの時こう言ったとか、そうやって犯人捜しをしても不毛ではないかと思うのです。相性が悪かった、あるいはご縁がなかったと思って、付き合いを断つ……それが無理なら出来る限り疎遠になるのが、お互いにとって最も望ましい解決法だと思います。

ずっと以前、テレビ番組で四十代の女性が「あの時、母は本当は趣味の××を始めたくて私が起きていると邪魔だったんだと思います。でも、私には『起きているとまたお熱が出るから』と言って子供部屋に追いやったんです」と語るのを見て唖然としたことがあります。

「それじゃ、その時お母さんが『ママはこれから「11PM」を見たいの。子供は邪魔

223　第四章　崖っぷち人生

だからさっさと寝て頂戴」と言っていれば、あなたの人生は変わったんですか？」と聞きたくなりました。だってその人、もう四十代なんですよ。今更子供の頃の母親との小さな齟齬を持ち出して、何になるのでしょう？

私は子供の頃に日本舞踊を習い始めたのですが、それというのも母が「この子は将来嫁のもらい手がないかも知れないから、手に職を付けさせた方が良い」と考えたからです。

当時から少女マンガに夢中だった私は「バレエが習いたい」と言ったのですが、母は「日本舞踊ならお座敷でひとさし舞ってみせることも出来るけど、人前でパンツ見せてバレエ踊るわけにいかないでしょ！」と、わけの分からないことを言って日本舞踊になったんです。その後、柳家小さん師匠の二人のお孫さん、小林十市と柳家花緑（かろく）の写真を見てびっくり。バレエダンサーの十市（じゅういち）は、花緑の倍くらい首が長いが、

「私だってバレエを習ってれば、もうちょっと首が長くなったのに！」

「で、それであんたの人生変わったと思う？」

……思いません。私の首があと二センチ長くなっても、世界の歴史も私の人生も何

も変わっていないでしょう。

こんなモンなんですよ。どうせドングリの背比べで生きてるんじゃありませんか。

細かいこと気にしたって仕方ありません。

親子の関係で一番大切なのは相性、つまり互いの愛情です。

しかし、世の中には不幸にして親や子に愛情を抱けない人もいます。たとえ子供に愛されなくても親は大人だから良いとして、親に愛されない子供は悲惨です（これは虐待とは別の話です。猫が嫌いな人が全員猫を虐待するわけではありません。虐待する人は「虐待族」という別の人種なのでここでは触れません）。

親には製造者責任というものがあります。だからたとえ子供に愛情がなくても、親切にしてあげて欲しいと思うのです。愛は偶然の産物ですが、親切は努力の賜物です。親切に育ててあげれば、大人になれば自分と相性の良い人を見つけて巣立って行けます。

電車の中で見知らぬ老人に席を譲れるなら、我が子にも親切に出来るでしょう。

そして、親は世間とは別の基準で子供を評価して欲しいと思います。学校には学校の、会社には会社の、世間には世間の基準があります。同様に親には親の、つまり家

庭の基準があっててしかるべきです。　家庭の基準をそっくり外に合わせる必要はないと思うのです。

そうしないと、　学校や会社でハジかれてしまった子供には居場所がなくなってしまいます。　家庭こそは子供が安心してたどり着ける、　最後の砦であって欲しいのです。

これも『FLASH』で受けたご相談ですが、　今思い出しても胸が痛みます。　父親は県立高校の校長で、　兄は県立の名門校を卒業して一流企業に勤め、　やはり秀才の女性と結婚して両親と同居しています。　一方本人は二流の私大を卒業して父親のコネで東京の会社に就職したものの、　パワハラを受けて退職、　実家に戻りました。　今は県の臨時職員をしていますが、　心の傷は今以て深いそうです。　両親と兄、　兄嫁から毎日人間のクズ扱いされて心を病み、　離れに移り住みました。

これなんか、　親の基準が完全に外と一致してしまった典型ですね。

おそらくこの両親にとって子供と言えるのはお兄さん一人なのでしょう。　お兄さんは両親の設定した〝一流大学卒・一流企業勤務〟という基準をクリア出来ましたが、　弟は失敗してしまいました。　その時点で、　弟はもう子供の身分を剥奪されてしまった

のです。

この両親が基準を変更することはないでしょう。そして将来も「あの時は本当にすまなかった」と後悔して謝罪することもないでしょう。

「だからあなたも親・兄弟と思うのをやめた方が良いです。肉親だと思うから許せないのです。隣のおじさん・おばさん・その息子と思いましょう。そうすればいくらか気持ちが楽になりませんか?」

このようにお答えしたのですが、私はこの方が可哀想で堪りませんでした。何故なら、もしこの方が別の家庭に生まれていたら……たとえば「出来の悪い子ほど可愛い」とか「出来損ない? それがどうした、うちの子が一番だ!」というメンタルの両親の子供であったら、今の不幸はなかったからです。

私の母は親バカを通り越したバカ親でした。いつでも私の側に立ち、愚かしいほどの愛情を注いでくれました。まさに溺愛でした。

母には私を他人と比較して評価するという発想がありませんでした。それはありがたいことに私にも遺伝しています。他人と自分を比べることに神経を費やさない……

これが生きる上でどれほど気楽であり、なおかつ幸せなこととか、はかり知れません。

私が社員食堂で働くことを決めた時も「エコちゃんは料理が好きだから、良い仕事が見つかって良かったね」と言ってくれました。

もしかして多少は思うことがあったのかも知れません。でも、私の前で言葉や態度に出したことはただの一度もありませんでした。

脚本家になりたい、小説家になりたいと、実現する望みの薄い夢にしがみつき、正規の仕事もなく婚期を逸した娘には、親としてもっと厳しい態度で現実と向き合わせた方が良かったと思う方もいるでしょう。

でも、私は母がバカ親でいてくれたことに心から感謝しています。だからこそ私は何とか「物語を書く」という夢を持ち続けることが出来たのです。

親として子供の将来を心配するのは当然のことです。小さい頃から塾に通わせ、少しでも良い中学、良い高校、良い大学に合格し、良い会社に就職して欲しいと願う気持ちも良く分かります。

ただ、その後の親子関係にも目を向けることが必要なのではないでしょうか。子供

時代の数々の軋轢によって信頼関係が壊れてしまったら、元も子もありません。子供が大成功したのは良いけれど「もう二度と顔も見たくない」と言われたら、どうしますか？　せっかく縁あって親子に生まれてきたのに、こんな悲しいことはありません。

「世間は世間、うちはうち」

心の片隅にその考えを置いて、親と子の信頼関係を育てて下さい。

書くことが好き、書いていれば幸せ！

「やれば出来るなんて嘘」と言っておいて矛盾するようですが、私は全力を尽くして努力することをお勧めします。

「失敗したらカッコ悪い」という考えほど有害なものはありません。失敗するのは当たり前なのです。だって、やって出来ることなんて百のうち二つか三つで、努力の九割は無駄なんですから。やれば出来る人、失敗しない人なんて、どうせ一世紀に二、

三人だけなんですから。だから失敗しても全然カッコ悪くありません。失敗を恐れることがカッコ悪いのです。

そして人間は本来、好きなこと、やりたいことのためには努力出来るはずなのです。

また、その努力を努力とも感じないほど夢中になれるのです。

五十五歳で松本清張賞を受賞するまで、結構長い道のりでした。少女マンガ家を志していた頃から数えると苦節約三十五年ですから。

「大変でしたね」とか「ご苦労されたんでしょう」などと言われることもありますが、実は本人はまったく大変とも苦労とも思っていないんです。

私は書くことが大好きで、書いていれば幸せでした。プロットの仕事も、脚本家と同じだけの稿料を払ってもらえるなら、あのまま「プロデューサーの出した条件をクリアしながら物語を作る」仕事を続けても良かったと思っています。好きなことのために努力するのは当たり前です。世の中には寝たきりのお姑さんの介護を十五年もしたのに、夫からも小姑からもいたわりの言葉一つかけてもらえないお嫁さんだっているのです。それを考えたら、好きなことのために努力出来るのは幸せです。

ただ、清張賞を受賞する前は、その努力は報われない努力でした。雑誌その他の媒体に発表される見込みもなく、まして本になって出版されるなんて夢のまた夢……。

それが今は報われる努力が出来るようになったわけです。原稿を雑誌に載せてもらえるし、本にして本屋さんに並べてもらえます。つくづくありがたいと思っています。

そして、私は運良く努力が報われましたが、世の中には報われない人もいます。むしろ、ほとんどの人は努力が報われることなく終わってしまうのかも知れません。

それでも私は敢えて言います。全力で努力して下さい、と。

いくら努力しても、叶わない夢はあります。及ばない結果はあります。でも、全力を尽くした人は諦めることが出来るのです。諦めは決してマイナスの感情ではありません。無用な執着、無用なプレッシャーからの解放です。諦めは旅に疲れた人の心を癒すオアシスなのです。諦めは人を救います。

オアシスで渇いた喉を潤し、疲れた身体を休めていると、別の世界が開けます。これまでたどってきた道とは違う道が見えてくるでしょう。だから、また歩き出すことが出来るのです。

でも「カッコ悪い」「失敗したくない」「俺は本気出してないだけ」と理屈を付けて、努力しなかった人、全力を尽くさずに出し惜しみした人は、諦めることが出来ません。引きこもりも自分探しも斜に構えているのも、諦め切れないからこそのポーズに他ならないのです。

彼らはどうなるかというと、やがて後悔を始めます。後悔というのは人の心を蝕んで行く恐ろしい感情で、不幸の源です。不幸な人はみな後悔の塊です。人間は後悔のないように生きないと、幸せにはなれません。

だから、やりたいことのある人は、そのために全力を尽くして努力して下さい。全力を尽くせば、たとえダメでも諦めが救ってくれます。後悔だけは絶対にしないで下さいね。

蛇足ですが、後悔と反省は別物です。私は大酒を飲んで酔っ払ったことを後悔していませんが、大いに反省しております、はい。

さて、これからの私の人生、ひと言で言えば崖っぷちですが、もう少し詳しくお話

232

ししてみましょう。

まず、一番初めに母のことです。現在要介護2です。二年前と比べると、少し状態は悪くなっています。いつまで今の状態が保てるか定かではありません。もしかしたら二年後は車椅子のご厄介になっているかも知れません。

家は建売りの一戸建て住宅です。兄が母のためにリフォームしてくれてバリアフリーではありますが、何しろ昔の建売りで三階建てのため家が三層構造になっています。一階がガレージと風呂・洗面所・物置、二階が玄関・リビング・台所・トイレ、三階が三人の寝室とトイレ・洗面所。つまり家の中に二つ階段があって、玄関は石段を上った上にあるわけです。完全に「なんちゃってバリアフリー」で、母が車椅子生活になったら、動くのがちょっと厳しい状態です。

近い将来、この家を売ってマンションに入居しないとダメかなあ……と考えております。マンションならワンフロアで階段がないし、エレベーターを利用して車椅子での外出も可能です。

それに、私と兄の年齢のこともあります。兄は私より十一歳年上で、もう前期高齢

者です。年を取ると一戸建てよりマンションのほうが便利ですね。特にゴミ出し。年に数回ゴミ当番が回ってくるのですが、資源ゴミのカゴと袋をセットしないといけなくて……だからゴミ出しの日は旅行にも行けないし、寝坊できないし、色々と煩わしいのですよ。あと、回覧板とか町会の当番とか。町会の当番になると町会費・赤い羽根・赤十字・歳末助け合いと、一年に最低四回は町内を回ってお金を集めないとならなくて……言ってること、完全におばちゃんの愚痴ですね。

私はおばちゃんの代表選手のような扱いを受けることもありますが、実は肉体的にはもうお婆さんです。だからおばちゃんと呼ばれることは年齢詐称ではないかと思ったのですが、まあ考えてみればババアはおばちゃんの親戚です。細かいことは気にしないで行きましょう。

そもそも、私は年を取ったからおばちゃんになったわけではありません。生まれた時からおばさん顔でしたし、子供の頃からバスや電車の座席が空いていると強引に尻を押し込んで座っていましたし、重い物を持ち上げる時は「どっこいしょ〜のすけ！」とか「よっこいしょ〜いち！」と言っていました。持って生まれたおばちゃん

体質なのです。だから、見た目女子高生や見た目女子大生の時は、はっきり言って詐欺でした。中身とギャップがありましたからね。

それが中年になり、やっと見た目が中身に追いついたのです。身も心も正真正銘のおばちゃんです。気分は最高です。

おっと、いったい何の話をしていたのでしょう？

そうそう、問題はうちのDV猫たち。昔は犬は十年、猫は十五年が寿命だったのですが、今は犬が十五年、猫は二十年が平均らしいです。つまり、ボニーとエラは私が七十四歳まで、ひょっとしたらその先も生きるわけです。私が生きていればいいですよ。でも、私が先に死んでしまったら、あの子たちはどうなるのでしょう。あんなひどいDV猫、おまけに子猫ならまだしもジジイとババアになった猫なんか、誰も引き取ってくれないでしょう。それを考えると憂鬱で……。

以前、私は「どんなことがあっても母より先には死ねない！」と悲壮な決意をしていたんですが、もう母も米寿なので「どうせ私が死んだら一年も経たないうちにがっくりして死ぬだろう」と割り切って、母にも「私が死んだらすぐ追いかけてくるんだ

よ」と言い聞かせております。本人も「うん。すぐ行くから」と言います。だから一年くらいなら、二人の兄が面倒見てくれるだろうから、これからは気楽でいいや……と思っていたのに、DV猫のために私の人生計画はめちゃくちゃです。

そして猫の心配をする前に、私自身が今後作家として活動していけるかどうかも定かではありません。前にも申し上げた通り、今は本が売れない時代なのです。その中で作家専業でやっていくのは並大抵のことではありません。普通の方は小説家という　と村上春樹さんとか宮部みゆきさんとか、大ベストセラー作家しかイメージがないのでしょうが、あの方たちはまったくの例外です。今の日本で初版で五万部を刷ってもらえる小説家は二十人いません。直木賞受賞作家でさえ初版一万部を切る方もいるくらいです。

ただ、私は自分の将来を悲観していません。ベストセラー作家になれると思っているからではなく、どんなことがあっても書き続ける自信があるからです。注文が来なくなっても、昔のように食堂で働きながら書いているはずです。

もしも願いが叶うなら、早く大ヒット作を書いて、来年いっぱい馬車馬のように働いていたら、再来年からは少し書くペースを落として、母と一緒に過ごす時間を増やしたいですね。食堂を退職した時、母はこれで昔のように二人で下らないおしゃべりをしたりしながらゆっくり出来ると思っていたようなのですが、実際には書く量が増えたので、一日のうちほとんど母は二階のリビング、私は三階の自分の部屋にこもっていて、顔を合わせるのは食事と入浴の時くらいです。

母は口には出しませんが、寂しいだろうと思います。この先、十年は一緒に暮らせないでしょう。

私は母と二人で旅行したことがほとんどありません。まだマルシンに勤めていた時代、ボーナスをはたいて京都の炭屋旅館に泊まったことがあります。今より少しは歩けたので、錦市場をぶらついてお土産を買いましたっけ。その翌年もやはりボーナスをはたいて二人でペニンシュラ東京に泊まりました。母は大きな湯船で溺れそうになりましたが、高級ホテルに泊まるのは楽しかったようです。あとで調べて分かったのは、ペニンシュラ東京が父と母が初めてデートした日活ホテルの跡地に建っていること

とでした。

その翌年からは旅行に行っていません。遠くは無理でも、兄の車で行ける房総とか伊豆へ連れて行ってあげたいと思うのですが、今現在は私が忙しくなってしまって、実現出来ません。何とか母の身体が動くうちにと願っているのですが……。

人間関係は全部足して十に！

人間関係はご縁で始まり相性で続くと書きましたが、私と母の相性の良さも、偶然の産物とはいえ、不思議なことだと思います。星座・血液型・四柱推命、何で占っても相性が良いのです。

「ここまで幾重にも良い縁で結ばれているんだから、私たちはきっと前世でも親子か姉妹だったのよ。だから来世でもきっと、また親子に生まれてくるわよ」

恋人同士の誓いならともかく、二人の婆さんがこのように言い交わす光景は不気味

238

ですが、私も母も真剣です。生まれ変わってまた親子になるのだと信じています。

ただ、このように母と娘の絆が強いのは良いことばかりではありません。私は母と仲が良すぎたために、親友と呼べる人がおりません。

高校時代の友人との付き合いが続いていますが、彼女たちの多くは学生時代に御神酒徳利のような仲良しがいたのに、私にはいませんでした。それはやはり、母親が私を全面的に理解し、受け入れてくれたので、友人にそれを求める気持ちが薄かったからだと思います。

私は「人間関係はかき集めると十になる」と考えております。親子関係が上手くいかない人は、配偶者や友人など、肉親以外に理解のある人がいる場合が多いからです。

代表的な例が名作『ガラスの仮面』です。ご存知のように主人公北島マヤは演技の天才ですが、彼女の母親は最後まで娘の演技に対する情熱や愛情、そして彼女の女優としての才能を認めず、理解しないまま亡くなりました。その欠落を埋めるように、マヤの成功を我がことのように喜び、芸能界を追放されたマヤの周囲には友人が集まってきます。マヤのために復帰の舞台を用意したのは劇団「月影」「一角獣」のメン

バーたちです。本物の友情の美しさが物語の母から溢れてきます。

一方、ライバルの姫川亜弓は、大女優の母と世界的映画監督の父を両親に持っています。亜弓のたどる道筋を、母は同じ道をたどった先輩として、父は多くの名女優を見守った監督として、深く理解し、共感し、援助を惜しみません。だから亜弓は他人に理解されたいという欲求を持ちません。当然、友人などという矮小（わいしょう）な存在に頼ろうとも思いません。畢竟（ひっきょう）、亜弓の周囲にいるのは取り巻きだけになります。唯一友人と呼べるのはライバルの北島マヤだけなのです。

恋においても二人の親子関係が強く影響しています。マヤはアイドルスターの少年に恋をして、身も世もなく恋に溺れて自分を失い、ボロボロに傷つきます。一方、亜弓にとって恋は楽しむ物であり、決して自分を見失うほど相手にのめり込むことはありません。言い換えれば自分を失うほど他人を求めることが出来ないのです。

姫川亜弓のあとで僭越（せんえつ）ですが、私も、初恋以外に強烈に男性に心を奪われた経験がありません。興味を惹かれたり好きになったりしたことはあるのですが、しばらくすると何故か初恋の時のあの気持ちが蘇ってきて「あれを恋というなら、これは恋の劣

悪なコピーにすぎない」と思ってしまうのです。そうするとスーッと気持ちが冷めてしまいました。

今にして思うと、私も母と暮らす生活で精神的に満たされていて、何もかも捨てて相手の胸に飛び込もうという情熱が湧いてこなかったのでしょう。

そのようなわけで、親子関係が上手く行かない人は、肉親以外の人間関係を築いて補完出来るのではないかと思うのです。

だから、母一人に頼っていた私は、母を失ったらずいぶんと孤独になるだろうと思っています。

ただ、幸いなことに書き続けてきたお陰で、学校生活を終えてから同好の士と知り合うことが出来ました。時代劇研究会のメンバーもそうですし、光文社のミステリー講座で知り合った方たちとも交流が続いています。

光文社の方は十年近く前に通った講座で、講師はミステリー評論家の新保博久先生でした。受講していた方たちはずっと以前から新保先生の信奉者でしたので、講座が

終わってからも新保先生を囲んで集まるようになりました。どうせならみんなで同じ本を読んで、批評しながら楽しもうということになり、Aさんという作家がマンションを会場に提供して下さるので、お酒や料理を持ち寄って、楽しく騒いでいます。

「Ｓｉｍｐｏ会」と名前が付いて、三月に一回ほど参加するのがとても楽しみです。

Aさんを筆頭にかつてのマルシン食堂スタッフは言わば戦友です。当時から個人的に暑気払いと忘年会を開いてお招きしていましたが、退職後も〝戦友会〟として続いています。

清張賞受賞をきっかけに、宝石店にいた頃の同僚の方との付き合いも復活しました。彼女は今介護の仕事をしているので、その分野の話を聞かせていただくのもとても勉強になります。

そして、四十歳近くになって再開した日本舞踊も、すでに二十年を越えました。二〇一五年には遂に「藤間由以（ふじまゆい）」というお名前をいただき、国立劇場の舞台にも立ちました。師匠の藤間綾由貴（あやゆき）先生は優れた舞踊家にして指導者です。ご尊敬申し上げているのですが、年齢が近いせいもあり、お目にかかるとおばさんトークに花が咲くこと

242

も少なくありません。日本舞踊を通じて育った人間関係と、かいま見た伝統芸能の世界も、これからの私の財産になってくれるでしょう。

年齢を考えれば、母と兄が先に逝き、私が一人で残る公算が大です。若い頃は一人暮らしは孤独で、孤独というのは寂しいだろうと思っていましたが、今はそうは思いません。

何しろ生まれてからずっと家族と一緒に暮らしてきたので、一人暮らしもせいせいして良いだろうと思っています。

そして、孤独も悪くありません。私は友人とご飯を食べたりお酒を呑んだりするのが好きですが、一人でお店に入って食事したりお酒を呑んだりするのも大好きです。また、映画とかコンサートは、基本的に一人で行きます。感動して心が震えているような時、同行した人に気を遣いたくないのです。「あのシーン、良かったわねえ」なんて言われると、感動が薄れそうです。後で会って「あのシーン、最高よね」なんておしゃべりするのは好きなのですが。

死に対する気持ちも若い頃とはずいぶん変わりました。昔は「あの世」と「この世」で、二つの世界は厳格に分かれていて交わることがないと思っていました。その後、何となく川の両岸のようなもので、向こう岸へ渡ると死んじゃうのかな……という時期が続き、五十を過ぎてからは川と海のように、どこまでが河口でどこからが海か、はっきり線が引けないのでは、と思うようになりました。それに、川は必ず海に注ぎます。みんないつかは死ぬのです。そう思うと死は異世界ではなく、この世の地続きに思われて、どことなく親近感を抱くようになりました。

結婚は、多分しないと思います。過去に結婚した経験のある人は何歳になっても結婚が可能だと思うのですが、私のように生まれてから家族以外の人と暮らしたことがない者は、難しいでしょう。お客様がいつまで経っても帰ってくれないような気がするかも知れません。

「この人、夕飯食べてデザートまで出したのに、いつまで居座る気かしら？」「いやだわ。朝ご飯食べたくせにまだ帰らない」「もしかして昼ご飯まで食べる気？」　図々

……しいったらありゃしない」「帰ってよ！」

……なんてことになりそうです。

以前、某文芸誌で「望ましい死に方」というアンケートがあったそうです。私は絶対に急性アルコール中毒死です。お酒が大好きだし、急性アルコール中毒でICUに運ばれて臨死体験までした方の話によると「非常に気持ち良い」そうなので。

それに、死ぬ時は絶対に一人で死にたいです。私は人の寿命は天が決めると思っているので、延命処置なんかして欲しくありません。それに死んで行く姿は多分美しくないので、他人に見られるのは良い気持ちがしませんから。

寿命なのに気管切開なんかされちゃって「山口さん、しっかりして下さい！」なんて言われるのはまっぴらです。「うるせえ！　寿命なんだよ、放っとけ！」と言おうとしても声が出ない……なんて最悪ですよね。

夢は……もう叶いました。　物語を書いて生きて行くことが私の夢でした。　だから、

今は夢の中にいます。

あとがき

　この『おばちゃん街道』は私の人生初のエッセイ集です。お話があったのが五月の七日で、書き上げたのが二十八日でした。でも、その間ずっと書き続けていたわけではないので、実際に執筆に要した期間は一週間ほどです。

　我ながらびっくりするほどのスピードですが、考えてみればそれもそのはず、このエッセイにはこれまでの私の人生が丸ごと凝縮されているんです。つまり人生の一番搾り。無添加無着色、純度百パーセント！

　私は常々「小説家の人生に失敗はない。全部ネタ」と公言しております。ネタを全部そのまま投入しているので、途中で構成や展開に困ることなんてまるでなく、一気呵成にラストまで突き進みました。

　私の人生は世間的に見れば失敗の連続でした。近頃ではいよいよ崖っぷちに立たされております。おまけに、決して自慢出来るような立派な生き方もしておりません。

何しろ大酒呑みで、女だてらに酔っぱらって交番のご厄介になっちゃったんですから。

でも、アラフォーどころかすでにアラ還の年齢になっても、後悔せずに生きています。それはとても幸せなことです。

他人から見れば不遇であっても、陰で「ああはなりたくない」と言われても、それでも人は幸せになることが出来るんです。

みなさん、どうぞこの本を読んで大いに笑って下さい。「私はこれほどバカじゃない」と自信を持って下さい。そして、元気になって下さい。誰のものでもない自分自身の幸せが、必ず見えてきますよ。

二〇一五年六月吉日

山口恵以子

その後の「おばちゃん街道」

「マルシン」は永遠に

ここでまえがきにも記しました通り、単行本刊行以来過去五年間に私の身辺で起こった様々な変化についてご報告いたします。

まずは愛する丸の内新聞事業協同組合とその社員食堂について。

事業所は私が退職する以前から、JRの耐震工事のために代替地に移転することが決まっていました。ただ、その移転先が二転三転して、なかなか定まらずにいたのです。

その時点では「食堂は併設する」という方針でした。ところが移転する前年、食堂の賃貸契約が切れてしまいました。これは事業所と食堂がJR高架下の通路を挟んでJR東日本とJR東海に分かれていて、事業所開設の数年後に食堂が出来たために、契約年度が違っていたからです。

移転まで一年以上、新しく食堂は開設できません。しかもやっと決まった移転先の敷地は狭く、作業所と事務所だけでギリギリでした。そして事業所の景気も先細りです。そんな事情が重なって、事業所は食堂を閉鎖せざるを得ませんでした。

私は主任時代、業務用スーパーで安い食材を仕入れて少しでも節約を心掛けましたが、食堂の経費の多くを占めていたのは、実は家賃だったのです。おそらく、もっと早くに食堂を閉鎖して、従業員に食費補助数百円を支給した方が、経営はずっと楽だったでしょう。にもかかわらず、十年近くの間食堂を延命させて下さった「マルシン」の経営陣に、私は感謝しかありません。

移転の知らせを受けて、私は二〇一六年三月二十三日と〝食堂最後の日〟三十一日に食堂に駆け付けました。久しぶりに三時半に起き、朝食作りに参加すると、不思議なもので身体は作業手順をしっかり覚えていました。食堂には共に〝食堂改革〟に携わったスタッフAさんとKさんが残っていて、会えば少しも変わらないのに、二年の間にAさんは孫が三人に増え、Kさんは初孫に恵まれたそうです。

そして二人とも、半年以上前に閉鎖の知らせを受けていたので、退職後の計画も立

てられてありがたかった、と語っていました。

　私が食堂で働いたのは十二年間ですが、それだけでは足りない、私の人生の大切な時間がこの食堂には詰まっています。繰り返しますが、私が小説家としてなんとか食べていけるのは、ひとえに食堂のお陰でした。〝食堂のおばちゃん〟だったからこそ、私は小説家になれたのです。

　食堂を辞める日、AさんもKさんも泣いてくれました。でも、私は笑って出て行きました。あの時は「ダメだったらまたここに帰ってくれば良いんだ」と、心のどこかで思っていたからです。

　その食堂がなくなってしまうなんて、まるで故郷の村がダムの底に沈んでしまうような気分でした。

　でも、私の心の風景は消えません。『瞳の母』ではないですが、目を閉じればあの暗〜い高架下の、古くて汚いシャッター街にひっそりと佇む、懐かしい食堂の姿がしっかりと浮かんできます。高架下がリニューアルされて綺麗になってしまっても、あのアーケードを通る度に、私はあの食堂と、そこで過ごした日々を思い出すでしょう。

社員食堂最後の日のルポは、東京新聞が『私の東京物語／番外編』として、二〇一六年三月三十一日付朝刊の最終面で、大々的に掲載して下さいました。私としては愛する食堂に『紙碑』を建てられたような気持ちです。

もちろん、事業所の暑気払いと新年会には今も参加していますよ。場所も変わり、名称も変わってしまいましたが、懐かしい顔ぶれはまだ何人も残っています。きっと時と共に一人減り、二人減りしてゆくでしょうが、私の心の中で「マルシン」は永遠です。

三度の脳梗塞を乗り越えた兄

次に兄のことです。

二〇一七年に二回も脳梗塞を発症したことは、まえがきの通りです。最初は六月初めの早朝でした。兄は自分で異変に気付いたようで、スマホで何軒かの病院に電話を

掛けていました。いきなり救急車を呼ばなかったのは「何処へ連れて行かれるか分からないから」で、「脳神経外科のある、受け容れ可能な病院」を探していたのだそうです。

トイレに行こうと廊下に出ると兄の話し声が聞こえてきたのですが、呂律が回っていなくて、私もすぐに異常事態を察しました。

タクシーを拾って脳神経外科のある病院へ駆け付け、すぐに救急で受け容れてもらい、CT検査の結果、左の脳幹に梗塞があることが分かりました。脳幹梗塞は重篤ですが、幸い発見が速かったので、手術はせず、点滴とリハビリで治療を受け、一ヶ月ほどで退院することが出来ました。幸い、左足のバランスが悪い以外、目立った後遺症も残りませんでした。

そして、意識はずっとハッキリしていたので、経営する整骨院の家賃や保険診療の計算、雇用していた三人の整体師さんの給料計算も自分で出来ました。

ところが十一月三日、左足のバランスを崩して転倒してしまい、膝の骨を骨折してしまいました。入院はせず、ギブスをはめて通院ですんだのは不幸中の幸いでした。

しかし、十二月には再び脳梗塞の発作を起こしてしまったのです。

私は兄の最初の脳梗塞以来、何か異変があったらすぐに分かるように、寝る時も自分の部屋のドアは開けっ放しにしていましたので、ドアを閉めてもすぐ分かります。さて、十二月十六日の早朝、私は兄の部屋から聞こえる異様なうめき声で目が覚めました。六月の経験があったので、すぐ「二回目の梗塞が来た！」と分かり、そのまま救急車を呼んで前回の病院に連絡して受け容れてもらいました。

前回と同じく意識もハッキリしていたので、整骨院関係の事務仕事は兄が入院中に自分で行い、十日ほどで退院できました。

しかし、事態は容易ならざるところまで来ていました。私は入院中、病院の勧めで兄のリハビリを見学したのですが、身体ではなく「言語リハビリ」の場面で、愕然としました。「朝／新聞」「学校／ランドセル」等、簡単な二つの言葉の組み合せを十個、言語療法士さんが読み上げ、後から片方を言ってコンビの言葉を訊くのですが、兄は最初は七つしか答えられず、三回繰り返しても最後まで出てこない言葉があったので

す。つまり「短期記憶」が著しく減退していたわけです。

兄は幼い頃から目から鼻に抜けるほど鋭敏で明晰な人でした。それがこの有様とは、信じられない思いでした。

脳梗塞は二度目が怖いと言いますが、退院してからも、二回目の梗塞の後は明らかに判断力が鈍っていました。簡単なことも選択できず、決められないのです。

その様子を見て、私は怖くなりました。幸い、二度の脳梗塞に襲われながらも、兄は意識があり、整骨院の事務仕事が出来ました。しかし三度目もそうとは限りません。そして厳格な食事療法やリハビリをしようとしない兄を見ていると、いずれ三度目が来てもおかしくないように思われました。

もし、三度目の脳梗塞に襲われて、兄が意識不明の状態になってしまったら、家賃はともかく、保険の請求や整体師さんの給料の計算、整骨院閉鎖の手続きなど、山のような雑務が全て私にのし掛かってくるのです。小説やエッセイの連載、書き下ろし、体験取材企画、メディア出演など、自転車操業で働いて家計を維持している私に、とてもそんな余力はありません。

その年、私は思いきって兄に整骨院を閉めて欲しいと訴えました。冷酷な要求だとは思いました。兄は若い頃からいくつも仕事を変えましたが、その中で整体の仕事は本人に一番合っていたと思います。元々非常に手先が器用だったのですが、五十歳近くになって整体に出会い、その道では一方の雄と謳われた方の下で修業し、独立しました。しかし、開業するには保険診療が出来ないと厳しいのが現実です。保険診療の資格がある職業は医師と歯科医師と柔道整復師だけで、唯一兄に取得できる可能性のあるのは柔道整復師です。兄は高校を卒業したばかりの若い人たちに混じって専門学校に二年通い、国家試験に合格して資格を取りました。私はその頃、週に何度か柔道着の洗濯をしたのを覚えています。

国家試験は二月、厳寒の季節です。兄は大人用のオムツを着用して出掛けました。

「若ければやり直しが利くが、六十近くになって、今回合格できなければもう次はない。貯金も尽きた。だから、試験の途中でトイレに行きたくなって失敗したなんてことには、絶対なりたくない」

その時の兄の悲壮な決意を思うと、胸が痛くなります。

しかも、兄が専門学校に入学した頃から柔道整復師の志望者が急増し、学校間の競争も激しくなったようで、国家試験の合格率を上げるために足切り試験が行われるようになりました。更に国家試験のレベルも上がり、兄は二年間非常な心労を抱えていたようです。その結果、ストレスから糖尿病を発症し、その合併症で肝臓まで悪くなってしまいました。まさに、満身創痍だったのです。

　兄も色々思うところはあったでしょうが、結局は翌二〇一八年の四月いっぱいで、十年間経営した整骨院を閉めました。地域の方に愛され、閉鎖を知って継続希望の署名運動まであったそうですが、致し方ないことでした。

　しかも、兄はその年の十月に三度目の脳梗塞の発作に襲われたので、整骨院閉鎖はまさに滑り込みセーフだったと思います。

　昨年の秋、兄は要介護2に認定されました。今はリハビリが生活の中心です。このまま何事もなくソフトランディングしてくれるようにと、私はそれだけを祈っています。

母の好きなこの家で

そして、母のことです。

母については、何をどう語って良いのか悩みます。　母は私の一部であり、私は母の一部でした。

母は介護認定を受けてから、要介護2の状態が一番長く続きました。　私はいつしかそれに慣れて、このまま緩やかに下降線をたどって、百まで生きてくれるんじゃないかと思っていました。

しかし、高齢者の体調は短い時間で急変するのです。　母も、二〇一八年の正月過ぎから急激に食欲が衰え、月末には砂糖を入れた麦茶を一日二杯しか飲めないほどに衰弱してしまいました。

私はただオロオロと狼狽え、朝晩母のベッドに潜り込んでは「ママ、死なないでね。死んじゃやだよ」と訴え続けました。　母は弱々しい声ではありましたが、いつも「百

まで生きるよ」と応えてくれました。

その頃、後に記す『クロワッサン』の体験企画のお陰で、私は携帯電話からスマートフォンに切り替え、ツイッターやLINEも始めていました。日々の嘆きをツイートしていたら、知人や編集者、フォロワーの皆さんから次々に耳寄り情報や「これならお母さんの口に入るかも」という品が届きました。そのうち何が効いたのかは分かりませんが、母は徐々に食欲を回復し、四月に兄の車でお花見に行った時は、帰りにお気に入りの和食店「新富町なぐも」で、コース料理をほとんど完食したほどです。

ああ、良かった、これでもう大丈夫。

私はホッと胸をなで下ろしました。事実、母の回復ぶりは順調で、七月後半に埼玉県入間市在住の次兄夫婦を招いて食事会をしたときは、これもお気に入りの西大島（東京都江東区）のイタリアン「クチーナ・シゲ」でコースを完食した上、コーヒーのお供に出てきたメレンゲを一人でほとんど食べてしまい、一同失笑したものでした。

この経験は、今にして思えば、来たるべき母の死を受け容れるために必要な通過儀礼でした。何故ならこの経験を通して、私は母のシモの世話その他を「面倒臭い」で

はなく「ありがたい」と感謝の気持ちで行えるようになったからです。　腸が活発に働いているからです。

「ああ、良かったね、こんなに出て」

と、心から言えるようになりました。それまで、お風呂には一緒に入っていましたが、トイレは基本的に母が一人で入りました。でも、食が細くなって足腰が弱くなったので、この年の一月からはトイレも一緒に入って世話をするようになりました。そして、母は娘の私にシモの世話をされることに、羞恥や屈辱を感じないようでした。

仲の良い親子で良かったと、しみじみ思いました。

ただ、母の衰弱によって、それまで月一回通院していた病院をやめ、訪問医さんをお願いすることになりました。そこで母を担当して下さった山中茂光先生は、受け持ちの患者さんの九割以上が八十代以上という、老人医療の経験豊富な、とても信頼できる医師でした。山中先生に出会えたからこそ、母に安らかな最期を迎えさせられたと、今でも感謝しています。

七月二十五日、私が夜の会食から帰ってくると、兄が「ママが部屋に戻ろうとして

階段で躓いて、足をくじいてしまった」と言うではありませんか。仰天して二階の母の部屋に駆け付けると、元気そうでしたが「足が痛くて下に着けない」と言います。

そんなわけで、足が治るまで母はベッドの上で生活することになりました。

食事はベッドに運び、トイレはベッド脇で「おまる」で用を足しました。支えがあれば、片足でなんとか立てたのです。

困ったことに、ベッド生活を続けるうちに、足は良くなってきたものの、今度は腰が痛くなってきました。それも日によって差があり、トイレまで往復歩ける日もあればおまるの日もあるという具合です。最初は食欲もあり、私が漬けた糠漬けでご飯をたっぷり食べていたのですが、八月後半から徐々に食欲が衰え、足腰も一層弱くなりました。

あれは九月四日の朝です。母のおしめパンツを替えようとして、茶色いシミが広がっていることを発見しました。ウンチを漏らしたのかと思ったら、血でした。母は下血していたのです。

すぐに兄を呼んで、二人がかりでなんとかパンツを替えようとしましたが、母は力

尽きたように床にへたり込み、同時に出血が始まりました。後に知ったことですが、母は直腸潰瘍から大出血したのです。私はすぐに救急車を呼びました。

駆け付けた救急隊員は「出血で血圧が低下しているから、救命救急のある病院でないと危険です」と、浦安にある順天堂大学附属病院に搬送してくれました。

九十一歳という高齢もあるでしょうが、到着してすぐ、担当医に「どこまでの治療を希望されますか?」と訊かれました。私はとにかく「痛い、苦しい」がないようにしてほしいとお願いし、心臓マッサージ・気管切開・胃瘻は希望しませんでした。

幸い、カテーテル処置を受け、母の出血は止まりました。当初は数日で退院できると言われていたのですが、数日後に再び出血を起こし、それから雲行きが怪しくなりました。

「回復も退院も転院も出来ません。この病院でお亡くなりになります」

頭が真っ白になるような宣告をされたのは入院二十日目でした。しかし、その後状態が落ち着くと「ここは回復型の病院なので、療養型の病院に転院をお薦めします」と言われ、ソーシャルワーカーさんを紹介されました。その方が探して下さった病院

を見学に行ったのですが、病棟を見た途端、私はほとんど逆上しました。

「こんなところでママを死なせるわけにはいかない！」

その思いに突き動かされ、それから大車輪で四方八方手を尽くし、訪問医の山中先生の応援を得て、母を退院させる運びとなりました。

在宅介護をする場合、ほとんどの患者さんは中心静脈点滴か胃瘻が必要になります。

中心静脈とは太い静脈で、高カロリー点滴が可能です。私達が普段病院で見ている点滴は末梢血管点滴といって、生理食塩水やブドウ糖液など、濃度の薄い液体しか点滴できません。そして中心静脈点滴をするには、ポートという器具を鎖骨の下に埋め込む手術が必要になります。母が大出血で病院に担ぎ込まれるまで、私はそのようなことをまるで知りませんでした。

母は十一月五日に退院して、家に戻ってきました。家に帰る介護タクシーの中で、母の表情はもう病院とは違っていました。生き生きして、言葉も少し話しました。

そして家に帰ってくると、じっと私の顔を見て言いました。

「ママが入院すると、あんたが一番大変だね。すまなかったね」

私は涙が出そうで、ただ母の身体を抱きしめました。この人と一緒に暮らせて良かった、この人の娘に生まれて良かった、この人と一緒に暮らせて良かった、この人とずっと一緒にいたい……そんな思いが胸に溢れていっぱいでした。

入院中に、母の介護度は要介護2から5へ引き上げられました。要介護4か5になると、使えるサービスが格段に増えます。毎日朝昼晩とヘルパーさんを頼み、一日置きに訪問看護師さん、一週間に一度訪問入浴さんと訪問医さんをお願いしても、月額三万円ほどです。施設に入れるより安いと思います。

私は最初何が何だか分かりませんでしたが、入間で老健と特養、つまり老人介護施設を経営している次兄が「最初は目一杯サービスを入れた方が良い。経験してみて必要がないと思ったら外せば良いんだから」とアドバイスしてくれて、大いに役に立ちました。

私は母の好きなこの家で、もう少し長く母と暮らせると思っていたのですが、そうはなりませんでした。

十二月一日、母はポートの針がズレて皮下に液が漏れ、感染症を起こして再び順天

堂病院に救急搬送されてしまいました。

そして、そこで死の宣告を受けました。

私はどうせ死ぬなら家で死なせてあげたいと思い、山中先生に相談しました。先生は「お看取りのための退院になりますね」と仰いました。そのために点滴も全て抜いて、家に戻すのだと。

「口から全然飲食できない状態で点滴も抜いてしまったら、本人は辛いんじゃないでしょうか？」

「逆です。皆さんとても楽になって、眠るように逝かれます」

それで私の心は決まりました。

「大体、どれくらい保つんでしょうか？」

「普通は二週間くらいです。ただ、急変という可能性もありますので、それはご承知置き下さい」

私は十二月の二十八日に退院させることに決めました。前日までに外に出る仕事は全部終わるので、母に付き添っていられます。それに二十八日なら、確実に年末年始

を家で過ごせると思ったのです。

順天堂の担当医からは「もし退院が難しい状態でも、退院を希望なさいますか？」と訊かれました。私は「はい」と即答しました。

こうして母は家に帰ってきました。家に帰ってからも、母はいつも安らかで、少しも苦しそうではありませんでした。私は夜になると介護ベッドを最下段まで下ろし、床にマットを敷いて母の隣で寝ました。夜中に母が目を覚ます度に、手を握り、髪を撫で、「ママ、家だよ。帰ってきたよ」と囁きました。母は「ずっと居たいね」と答えました。

年が改まり、新年になりました。

母は段々痩せて小さくなっていきましたが、手を握ると握り返してくれました。一月十二日の夜中、母が声を上げたので、私は母のベッドに入って抱きしめて「恵以子だよ。ずっと一緒にいるからね」と言いました。すると母は「嬉しいよ」と言ってくれました。

母が意味のある言葉を口にしたのは、これが最後になりました。母の最後の言葉が

267　その後の「おばちゃん街道」

「嬉しいよ」だったことに、私は救われる思いがします。

そして十八日の早朝、母は私が見守る中で二週間と言われていたのに、母は三週間もこの世に留まってくれたのです。私に悲しみはありませんでした。ただただ、母に対する感謝と愛を感じていました。

私はとても幸せです。そしてこの幸せのほとんどは母が与えてくれたのだと思っています。

松本清張賞を受賞する前の私は、世間的に見れば「ああはなりたくない人」の典型だったはずです。亭主はない、子供もない、カレシもない、母はボケちゃう猫はＤＶ、おまけに仕事はキャリアウーマンならぬ食堂のおばちゃん。

それでも私は幸せでした。安定した職を得て、好きな小説を書いていられたからです。そして母はそんな私を愛し、私を信じ、私の夢を共に見て、私を応援してくれました。

母以外の誰にこんな真似が出来るでしょう。母の娘に生まれなければ、私は夢を諦めたか、あるいは心に不幸せを抱えながら生きていたと思うのです。

母は常々「パパと同じお墓には入りたくない。あんたとヒロちゃん（長兄）と三人

で入れるお墓を買って」と訴えていました。

そんなわけで、私は葬儀の後でお墓を探していたのですが、帯に短しタスキに長しでこれはと思えるお墓に巡り会えませんでした。ところが偶然、小石川の納骨堂形式のお墓の存在を知り、「これだ！」とビビッときて購入しました。

結婚もお墓も決まるときは速いですね。

しかし、このお墓はまだこれからです。何故なら母の願いには続きがあって、「でも、一人で入るのは寂しいからいや。エコちゃんが入るときに一緒に連れてってね」なのです。

だから母の遺骨はまだ母の部屋の祭壇に安置しています。

私は母が死んだらひどい喪失感にとられるのではないかと思っていました。何しろ六十年も二人三脚でやってきたのですから。

ところが不思議なことに、余り寂しくありません。母が遠くへ行ってしまったという気がしないのです。むしろ、いつもそばにいるような感じです。もしかして、遺骨が壁を隔てた隣の部屋にあるので、そのせいかもしれませんが。

住む場所はあの世とこの世に分かれましたが、それでも私はこれからもずっと、母と一緒なのだと思います。川が海に注ぐように、私もいつかは母のいる海に流れ着くのでしょう。その日が来るのを楽しみに、ゆっくり近づいて行こうと思っています。

それでも元気で生きていく

最後に、私の近況です。

実は二〇一七年から、私は『クロワッサン』という雑誌とご縁が出来まして、数多くの企画や特集に出させていただいております。「パン特集」に始まり、「手土産をひとつ」「着物の時間」「生活習慣改善」「糖質制限ダイエット」「防災のための備蓄と片付け」「食わず嫌い読書」「呼吸法ダイエット」「発酵食品で美肌」「食べて、痩せる」等々、その他細かいコラムは数えきれません。ついに一昨年からは「アプリ蟻地獄」というコラムまで連載させていただいております。

しかも性懲りもなく「お出汁で三キロ痩せ」という企画にも乗ってしまい……年末の忘年会山積みの時期に痩せられますか？

そんな流れの中で出会ったのが「きぐち体操」です。

ご存じの方も多いでしょうが、御年八十五歳のカリスマ講師菊池和子先生の提唱する体操です。菊池先生は今もレオタードで一八〇度開脚、V字バランス、腹筋運動は年の数より多くやるという、一種のスーパーウーマンです。

私は『クロワッサン』の企画で昨年きくち体操を体験することになりました。その際、菊池先生にもお目に掛かり、川崎の教室にも通い、直接指導を受けることが出来ました。

菊池先生が毎回おっしゃるのは、「きくち体操はただの体操ではない。身体の隅々まで脳とつなげて、意識しながら身体を動かし、死ぬまで自分の足で歩ける身体でいられる事を目指している」です。

もう一つ「筋肉は鍛えてはいけない。育てなさい」。

なぜなら、鍛えた筋肉は固くなる。固い筋肉は瞬発力は出るが、持続力と柔軟性を

271　　その後の「おばちゃん街道」

失ってしまう。アスリートが筋肉を鍛えるのは、丈夫で長生きするためではない。勝負に勝つため、記録を出すため、その一瞬に懸けて努力しているのだ。

きくち体操の本は沢山刊行されていて、書店にコーナーが出来ているので、興味のある方は読んでみて下さい。かつては「医学的な根拠は何ですか？」と訊かれ、医者でない菊池先生は困惑されたそうですが、今や『医師も認める究極のきくち体操』という本まで出版されています。

菊池先生が「最近はテレビや雑誌にいっぱい取り上げられるけど、私は五十年前から同じ事を言ってるのよ。どうしてもっと若いときに取り上げてくれなかったのかしら」とボヤいておられたので、私は「今、やっと時代が菊池先生に追いついたんですよ」と申し上げました。三十五歳の菊池先生では説得力がなかったのが、八十五歳になって圧倒的な説得力を獲得したのです。

これまで健康保険証のお世話になったことがない、未だに虫歯が一本もなくご自身の歯が揃っているというのは驚異的です。間近で拝見すると歯と歯茎の美しさは信じられないほどです。

そしてもう一つ、私の体験した菊池先生の尋常ならざる能力をご紹介します。

ある時、教室の終わりにご挨拶をして着替えて帰ろうとしたら、インストラクターのO先生に呼び止められ「菊池先生が『山口さん、歯が痛いんじゃないかしら』っておっしゃっているんだけど？」と尋ねられたのです。確かにその日、以前に治療した歯が悪くなって再治療が決まっていたのですが、多少疼くぐらいでそれほど痛くはなかったし、腫れてもいませんでした。それなのに、間近でお目に掛かったのは三秒に満たない時間にもかかわらず、私の微少な異変を察知された菊池先生は、千里眼かと思いました。おそらく、持って生まれた鋭い感受性もおありでしょうが、それ以上に、五十年の長きに亘って生徒さんを指導し、その身体の変化を見極めてきた経験の蓄積が、人並み外れた洞察力を生んだのだと思います。

私の奮闘ぶりときくち体操については、ムック『Dr.クロワッサン』の『痛みが消えるきくち体操』（マガジンハウス）に詳しく載っていますので、興味のある方はご覧下さい。

企画取材が始まる前、私は近所のスポーツジムに通ってパーソナルトレーニングを

受けていました。お陰様でサイズダウンもしたし、筋力が付いて母を抱っこできるようにもなりました。しかし、菊池先生に「筋トレはやめなさい」と言われ、取材期間はジム通いを自粛しました。

さて、体験入学期間三ヶ月が終わり、私は決断を迫られました。パーソナルトレーニングの筋トレに復帰するか、このままきくち体操を続けるか。

もし四十歳なら、筋トレを選んでいたかも知れません。しかし、私はすでに還暦でした。二十年後は八十歳超えです。

それに、取材の最後に再び菊池先生と対談させていただいた時、先生は衝撃のひと言「私と同じ年で筋トレやってた人は、みんな死んでるわ」とおっしゃったのです！

結局、私はきくち体操を選びました。ただ、江戸川区から川崎に通うのは大変なので、四谷の教室に変更しましたが。

まずは菊池先生という目標とすべき方がいらっしゃること。次に「死ぬまで自分の足で歩ける身体でいたい」という願いゆえです。

母には私がいました。だからどんな状態になっても、母は安心だったと思います。

絶対に恵以子が面倒を見てくれる、この確信が揺らいだことは一瞬もなかったでしょう。

でも、私には誰もいません。寝たきりになって、看護師さんやヘルパーさんにシモの世話をされて暮らすことを思うと、一日も早く死にたい、いっそ尊厳死させてほしいとさえ思います。

それに、要介護2になった兄と、三匹のDV猫（実は一昨年、野良生活をしていた黒猫を保護してしまったんです）の最期を看取るまで、私は何としても元気でいなくてはならないのです。それは私の義務です。

こんなわけで、今の私はきくち体操に通いながら小説やエッセイを書き、『クロワッサン』の体験企画に挑戦し、月一回のラジオと忘れた頃のテレビ出演を楽しみ、日々暮らしています。

老いの波はこれからドッと押し寄せてくるので油断は禁物ですが、それでも私は元気で生きていきます。母が見守ってくれていますから。

それでは皆さま、またどこかでお目にかかれたら嬉しいです。

山口恵以子 (やまぐち　えいこ)

1958年、東京都江戸川区生まれ。早稲田大学文学部卒業。卒業後は会社員、派遣社員として働きながら、松竹シナリオ研究所に入学。脚本家を目指し、プロットライターとして活動。その後、丸の内新聞事業協同組合の社員食堂に勤務しながら、小説の執筆に取り組む。2007年『邪剣始末』(文春文庫)で作家デビュー。2013年『月下上海』(文春文庫)で第20回松本清張賞を受賞。ほかに『恋形見』(徳間時代小説文庫)、『工場のおばちゃん あしたの朝子』(実業之日本社文庫)、「食堂のおばちゃん」シリーズ(ハルキ文庫)、「婚活食堂」シリーズ(PHP文芸文庫) など。

知恵の森
KOBUNSHA

食堂のおばちゃんの「人生はいつも崖っぷち」
それでも、今がいちばん幸せ

著 者——山口恵以子（やまぐち えいこ）

2020年　3月20日　初版1刷発行

発行者——田邉浩司
組　版——萩原印刷
印刷所——萩原印刷
製本所——ナショナル製本
発行所——株式会社光文社
　　　　　東京都文京区音羽1-16-6 〒112-8011
電　話——編集部(03)5395-8282
　　　　　書籍販売部(03)5395-8116
　　　　　業務部(03)5395-8125
メール——chie@kobunsha.com

| 78646-5 | 78694-6 | 78404-1 | 78240-5 | 78685-4 | 78317-4 |
bせ1-7	bく1-2	bか3-1	bえ3-4	tう4-1	bい6-1
瀬戸内寂聴	黒柳徹子	加島祥造	永　六輔	烏賀陽百合	井上　靖 監修
五十からでも遅くない	徹子さんの美になる言葉	老子と暮らす 知恵と自由のシンプルライフ	明るい話は深く、重い話は軽く 文庫書下ろし	一度は行ってみたい 京都「絶景庭園」 文庫オリジナル	私の古寺巡礼（一） 京都Ⅰ
51歳で出家の道を選んだ著者が〝五十代の恋〟などの女性の悩みに、自身の体験と仏教の教えを交え、答えていく。齢を重ねてなお美しい現代女性たちへの応援歌！	好奇心と笑顔、そして自由な心で、まっすぐ進み続けてきた〝トットちゃん〟こと徹子さん。青春時代の豊富なエピソードを交えながら語る、今を生きる女性たちへのメッセージ。	心の中に清浄な空気が入り込んでくる老子のダイナミズム。長野の山奥に転居し、老子の思想とともに暮らす82歳の詩人・米文学者・タオイストからの招待。	伝えたい言葉、残しておきたい言葉もあれば、心に響かない言葉、無味乾燥な言葉もある──。日本中を旅して〝出たきり老人〟と異名をつけられた著者が〝話〟の妙味を集大成。	四季折々に美しい庭、見る角度で景色を変える庭──庭は奥が深い。そして愉しい。京都で活躍するガーデンデザイナーが、美しい写真とともに、その見どころを徹底ガイドする。	知恩院（梅原猛）、東寺（司馬遼太郎）、東福寺（大岡信）、醍醐寺（井上靖）など、文人著名人が古寺を訪れ、その魅力を存分に語る珠玉のエッセイ集。（序文・梅原　猛）
640円	620円	640円	520円	840円	680円

78665-6 わ3-1	78644-1 や8-1	78668-7 ま2-1	78664-9 ふ4-2	78671-7 と2-1	78527-7 た4-1
渡邊 大門 わたなべ だいもん	山本 博文 やまもと ひろふみ	丸田 勲 まるた いさお	古川 修	戸部 民夫 とべ たみお	立川談四楼 たてかわだんしろう
関ヶ原の戦い 文庫書下ろし	切腹 日本人の責任の取り方	江戸の卵は一個四〇〇円！ モノの値段で知る江戸の暮らし	世界一旨い日本酒 熟成と燗で飲る本物の酒 文庫書下ろし	日本の神社がよくわかる本 神々の系統で知る由緒とご利益	声に出して笑える日本語
こんなに面白いとは思わなかった！	日本人の責任の取り方				
「西軍が敗北した本当の理由は？」「三成と家康は最初から対立していたのか？」──歴史の流れを決定づけた「天下分け目の一戦」を、気鋭の歴史学者が様々な角度から検証する！	江戸の武士は、驚くほど小さな罪や手落ちが原因で、切腹に追い込まれることが多かった。誇り高く、しかしどこか辛くて切ないサムライの生き様を、日本史の一級資料から発掘。	大工の年収318万円、将軍の小遣い19億円…。江戸の物価を現在の円に換算すれば、江戸の暮らしがもっと身近に感じられる。時代劇や時代小説がもっと面白くなる一冊。	「純米無濾過生原酒」を常温熟成させて燗で飲む。今や多くの日本酒好きが実践する味わい方を、いち早く提唱した画期的な書。お勧めの銘柄40酒、居酒屋＆蕎麦屋140軒も掲載。	総数8万以上ともいわれる神社のうち、稲荷・八幡・伊勢など、祭神の系統ごとに由緒ある古社を徹底解説。歴史からご利益まで、日本人が知っておきたい神社の常識がわかる本。	アナウンサーの致命的な言い間違いから、落語の味わい深いセリフまで。集めに集めた「笑える日本語」のオンパレード。しかも確実にタメになる傑作エッセイ。『日本語通り』改題。
680円	680円	620円	660円	600円	720円